僕に雨傘、君に長靴
—右手にメス、左手に花束7—

Michiru Fushino
椹野道流

CHARADE BUNKO

Illustration

鳴海ゆき

CONTENTS

旅に出よう — 7

愛と嫉妬と鰺フライ — 131

あとがき — 215

巻末キャラクター座談会 — 217

旅に出よう

一章　いつものようで、いつもでない

それは、夏の終わりのある夜のことだった。

「ふいー、暑い暑い。ただいまー」

Ｋ医科大学法医学教室に助手として勤務する永福篤臣《えいふくあつおみ》は、玄関の扉を後ろ手に閉め、ようやく熱波から逃れられたことに安堵《あんど》の溜《た》め息《いき》をついた。誰《だれ》もいないのはわかっていてもつい挨拶《あいさつ》せずにいられないのは、礼儀正しい彼ならではだ。

もう日が落ちてかなり経《た》つというのに、外はやけに蒸し暑く、アスファルトも昼間に蓄えた熱を放出中だ。

外出時には無論エアコンを切っていくので、家の中も大概暑いと思うのだが、それでも外よりはずっとマシだった。あるいはマンションなので、一軒家に比べると気温の変動が総じて小さいのかもしれない。

とりあえず、あちこちの窓を開けて風を通し、キッチンで冷蔵庫に作っておいた冷たい麦茶をグラスに二杯立て続けに飲み干して、篤臣の顔には満ち足りた笑みが浮かんだ。やっと人心地《ひとごこち》ついたといった顔つきだ。

ワイルドにいくならここは「とりあえずビール」なのだろうが、篤臣はさほど酒に強くない。一度、泥酔して人生最大の失敗をしてからは、半ば無意識に飲酒を控える癖がついてしまった。今はせいぜい、食事のときにつきあいでビールかワインをグラスで数杯楽しむ程度の酒量だ。

周囲に子供みたいだと笑われても、夏は酒よりも、炭酸飲料やアイスクリームのほうが嬉《うれ》しい篤臣なのだった。

「はー、これこそ夏の幸せだな。……さてと、ざっとシャワー浴びてから飯の支度をすっか」

グラスをシンクに置き、帰りにスーパーで買い込んだ食材を冷蔵庫に手早く入れてしまうと、篤臣はバスルームに向かった。

熱いシャワーを浴びると、心地よさと同時に、髪から立ち上る独特の臭気にゲンナリした気分をも同時に味わうはめになる。

篤臣の主立った業務の一つは司法解剖だ。今日も、教室のトップである城北《じょうほく》教授と、ただひとりの上司、講師の中森美卯《なかもりみう》と三人で手分けして、四体の解剖を行った。

解剖室では術衣と手袋、それに頭をスッポリ覆う帽子で完全防備している……はずなのだが、なぜか臭《にお》い物質の粒子というのは、目の詰まった布地でも簡単に通り抜けてしまうらしい。特に古い死体を扱う解剖のあとは、肌や髪にどうしても腐臭が染みついてしまい、ひどいときは電車に乗るのもはばかられるほどだ。

今夜はそれほどでもないが、それでも湯気に混じる死の臭いを消し去りたくて、篤臣はシャンプーを多めに手に取った。

パートナーである江南耕介《えなみこうすけ》との暮らしもすっかり長くなり、お互いの生活リズムもすでに確立されている。

消化器外科医として同じ病院に勤務する江南は、仕事柄、勤務時間が極めて不規則だ。当直が多いし、担当する患者の容態が悪化すると、家に帰れないことも珍しくない。

篤臣とて、死亡者が多数出るような大事故や、捜査本部が立つような殺人事件が発生すると恐ろしく忙しくなるが、そうでなければたいてい午後七時くらいには帰途につくことができる。

自然と、家事の大半は篤臣の担当となったが、彼自身、それを嫌がったり、不公平に思ったことは一度もない。

ハードな勤務で身体を痛めつけ、人の死に絶え間なく立ち会うことで精神的にも疲弊する日々を送る江南に、心からくつろげる、居心地のよい空間を用意してやりたい。

野菜嫌いで、外食だと肉ばかり食べる傾向のある彼に、栄養バランスのいい、熱々の手料理を食べさせてやりたい。

他人の前では強がり、何があっても平気なふりをしようとする江南に、好きなだけ疲れたと言わせてやりたいし、存分に弱音を吐かせ、甘えさせてもやりたい。

それが篤臣の偽りのない願いであり、江南が素の姿を見せるのは自分だけだという、パートナーとしての自負でもあった。

バスルームから出ると、篤臣は洗面台の横に置いてあった携帯電話に目を留めた。メール着信を報せる小さなライトが点滅している。

「………」

篤臣は、濡《ぬ》れた頭にバスタオルをかけたまま、携帯電話を手に取った。

メールは江南からだった。受信は十分前、「最寄《もよ》りの駅に着いたのでもうじき帰る」というものだった。

「なんだ、十分前じゃもう……」

ガチャッ。

言い終わらないうちに、玄関の扉が開く音が聞こえた。続いて、「帰ったで～」という聞き慣れた江南の低い声。

「お帰り！」

篤臣はバスルームの扉を開け、頭だけ出して声をかけた。

「おう、風呂《ふろ》入っとったんか。今日は昼間、暑かったみたいやな。俺はオペ室入っとったから、ようわからんけど」

声だけで、篤臣の居場所がわかったらしい。ドスンと玄関先にバッグを置く音がして、江南は真っすぐバスルームにやってきた。

「うん。夜になっても十分暑いよ。今日は解剖もあったし」

「あー、なるほど。夏の解剖はかなわんな……とと」

トランクス一枚の篤臣を抱きしめようと腕を広げたものの、自分が汗みずくであることに気づき、小さく肩を竦《すく》めて腕を下ろす。その代わりに、風呂上がりで上気した篤臣の頰《ほお》にキスして、自分もワイシャツを脱ぎ始めた。狭い脱衣所の中だけに、篤臣はちょっと窮屈そうにのけ反る。

「なんだよ、俺が出るまで待てばいいだろ。すぐだから」

「待てへん。俺も今日はオペ三昧《ざんまい》で、えらい汗掻《か》いたからな。はよ流さんと、お前と五日ぶりの感動の再会ができへんやないか。一刻を争う事態やぞ」

「……大袈裟《おおげさ》だな、相変わらず。たった五日だろ。いつものことじゃねえかよ。しかも、そのあいだに何度か顔を合わせてはいるんだしさ。廊下ですれ違ったり、医局に弁当届けてやったり」

「それはそうやけど、お前が嫌がるから、職場でスキンシップはできへんやろが」

「当たり前だ！」

「せやから、はよお前に触りたい」

「……馬鹿野郎、何言ってんだよ、ったく」

自分の感情をまったく偽らない江南のあけすけな言葉に、篤臣はただでさえ赤い頬をもう一段階赤くして、パジャマに袖《そで》を通し始める。

その傍らで勢いよく服を脱ぎ捨てながら、江南は鏡越しに篤臣を見てニヤリと笑った。

「なんや、俺の裸に見とれとんか？　ええねんぞ、ジロジロ見ても。いつもはアレやもんな、お前が電気消せーてうるさいから、服脱ぐときは暗がりやもんな。シャイなお前と違《ちご》うて、俺はむしろ見せたいくらいやし」

「ばっ……馬鹿、べつに見てなんか……」

「ほな、なんで鏡の中で目が合うねん」

「う、ううう、それは……そ、それは、仕方ないだろっ、ここ狭いんだから！　偶然だ！　なんでもいいから、とっとと風呂に入れよ。そのあいだに飯を作っとくからさ」

ムキになって抗弁しながら、篤臣はバスタオルでベシベシと江南の広い背中を叩《たた》く。

「へいへい。あ、せや。バッグの中にハムが入ってんで」

「ハム？」

「小田《おだ》先生が、今日、患者さんの家族からもらいはってん。食いきれへんから言うて、半分くれた。真空パックやから、日持ちするやろ」

「へえ。教授への贈り物なら、高級そうだな。ちゃんとお礼言ったか？」

「当たり前やろ、アホ。子供違《ちゃ》うねんぞ」

そう言いながら、江南はボクサーショーツを気前よく脱ぎ捨て、素っ裸になって浴室の扉を開ける。引きしまった臀部《でんぶ》が折り戸の向こうに消えるのを鏡越しにたしかめた篤臣は、溜め息交じりに自分と江南の服を拾い上げた。

「どこが子供じゃないんだよ。こんなに滅茶苦茶《めちゃくちゃ》に服を脱ぎ散らかしやがって。まるっきりガキじゃねえか。靴下丸めたままじゃ、洗濯機に入れられないだろう」

主婦くさい文句を言いながらも、篤臣の頬の紅潮はおさまりそうもない。

ことさらジムに通って身体《からだ》を鍛える暇などないはずの江南なのだが、やはり患者のケアや長時間の手術で自然と鍛えられるのか、引きしまって均整の取れた体格を維持している。

いわゆる見せるための身体ではなく、実用本位のしなやかで無駄のない筋肉がついた、同性の篤臣でも惚《ほ》れ惚《ぼ》れしてしまうようなスタイルのよさだ。

（けっこう細く見えるくせに、脱いだらすごいんだよなあ。くそ）

江南の裸体をしげしげと見るたび、つい自分のいくら頑張っても肉のつかない身体と比較して、落ち込んでしまう篤臣である。決して華奢《きゃしゃ》なわけではないし、腕っ節が弱いわけでもないのだが、江南と比較すると、どうしても自分が貧弱に思えてしまうのだ。

（でも……）

そのことで篤臣が愚痴をこぼすたび、江南は相好を崩してこう言う。

『俺はそのおかげで助かっとるけどな。身長はたいして変わらへんのに、お前のほうが細っこいからこうして……な？　ええ具合やろ。これが二人してマッチョやってみい。暑苦しいて、かなわんで』

あの低い声で囁《ささや》きながら、しっかりと篤臣を抱きしめる江南の力強い両腕を思い出すと、篤臣の頭にますます血が上る。シャワーを浴びている江南の身体を半透明の扉越しに見ていると、頬の熱が別の場所に移ってきそうで、篤臣は二人分の服を抱え、逃げるようにバスルームを飛び出した……。


江南が風呂から上がる頃には、ダイニングテーブルに料理の皿が並んでいた。

普通の生野菜のサラダでは江南が嫌がるので、カリカリに焼いて油を落としたベーコンビッツとクルトンを散らし、さっぱりしたドレッシングをかけたシーザーサラダが大きなガラスのボウルいっぱい作ってある。

こんがりグリルした鶏《とり》のササミと夏野菜は、和風の出汁《だし》で焼き浸しにしてあり、江南が唯一喜んで食べる野菜である甘いプチトマトもたっぷり添えられている。

まだ副菜だけだが、色鮮やかで食欲をそそる料理ばかりだ。

「上がったで」

一声かけて江南がキッチンに入ると、無心に料理することでどうにか平静に戻った篤臣は、振り返って優しい眉《まゆ》をひそめた。

「こら。そんな格好で家ん中うろつくなって言ってんだろ。もういい歳《とし》の大人なんだから」

篤臣がそんな小言を言うのも無理はない。以前から、江南は風呂上がりに半裸であたりをうろつく癖があり、今夜もボクサーショーツ一枚に、肩からバスタオルを引っかけただけという、まさに試合直前のプロレスラーのような出で立ちだったのだ。

「せやかて、あっついねん。ビール一口飲んだら、もう一枚着れる」

そんな子供じみた言い訳をしつつ、江南は冷蔵庫から缶ビールを取り出し、立ったままグビリと飲んだ。

「あ〜〜〜！　極楽やなー！　この一口のために、ずーっと水分を我慢しとった甲斐《かい》があるっちゅうもんや」

「おっさんくさいな、お前。いいから、ちゃんと服を着ろよ。一口飲んだろ？」

派手に喜ぶ江南に呆《あき》れつつも、幸せそうな笑顔に、篤臣の顔にもつられて笑みが浮かぶ。

「へいへい。……なんや、今日はえらいご馳走《ちそう》やな。まだ何か作るんか？」

とりあえずスウェットパンツを穿《は》き、上半身はまだバスタオル一枚のまま、江南は篤臣の手元を覗《のぞ》き込んだ。

「だってお前、どうせ明日からまた泊まりなんじゃないのか」

「ん……まあ、そうなりそうやな」

「だから、今日のうちにしこたま食わせなきゃと思ってさ。それにお前、牛肉が出ないと、まともな飯を食った気がしないんだろ？」

そう言いながら、篤臣はバターで手早く炒《いた》めたほうれん草と茹《ゆ》でたニンジンを大きな皿の端っこに盛りつけ、ざっとフライパンを洗った。それを再び火にかけてから、冷蔵庫を開けて取り出したのは……。

「おっ。ステーキ肉やないか！　しかも、妙に高そうや。奮発したん違うか？」

江南はたちまち満面に笑みを浮かべる。その屈託のない笑顔に、篤臣も笑って頷《うなず》いた。

「たまにはな。黒毛和牛のサーロイン……にしようと思ったけど、健康を考えてフィレにした。そのくらいの妥協はできるだろ？」

江南は即座に深く頷く。

「するする。ちゅうか、ステーキか〜。誕生日と盆と正月が一緒に来たみたいやな」

十分に熱して油を引いたフライパンに肉を置くと、ジューッという景気のいい音とともに、香ばしい匂《にお》いが立ち上る。犬のように鼻をうごめかせる江南に、篤臣は半ば呆れ笑いで言った。

「お前は昭和の子供か！　俺が普段ろくなもの食べさせてないみたいだろ、それじゃ。……っていうかさ、一応、お祝いの気持ちも込めて、ステーキにしたんだぞ、今日」

「へ？　祝い？　誰のや」

「お前だよ」

「俺？　せやけど、今日は俺の誕生日と違うで？」

篤臣は肉の焼け具合をたしかめ、火加減を調節しながらますます呆れて言い返した。

「ばーか。んなことはわかってる。そうじゃなくてお前、昨日、胆道癌《たんどうがん》の難しい手術で執刀させてもらって、立派にやり遂げたらしいじゃん」

ずっと肉に視線が釘《くぎ》づけになっていた江南は、さすがに驚いて篤臣に視線を移した。

「あ？　なんでお前が、そないなこと知っとんねん？」

篤臣は悪戯《いたずら》っぽい目で答える。

「俺はお前のことならなんでも知ってる」

「おい、そない嬉しいこと言うて、からかうなや。……って、んなことをお前に教える奴いうたら、うちの大将しかおらんやないか。せやろ」

「はは、それもそうか。アタリ。廊下ですれ違ったとき、小田先生に教えてもらったんだ」

小田というのは消化器外科の教授で、江南の上司にあたる人物だ。本来、学閥政治にはまったく興味がなく、むしろ外科医として現場で働き続けることに無上の喜びを覚えるタイプなので、江南とはよく気が合う。

　また、小田は教授選のすったもんだを通じて、篤臣ともすっかり打ち解けた。そんなわけで、篤臣が特に頼まなくても、顔を合わせるたび、小田から「最近の江南先生」情報がもたらされるというわけなのだった。

「……ったく、あのオッサン、男のくせにお喋《しゃべ》りやな、ホンマに」

「それ、お前にだけは言われたくないと思うけどな」

　クスリと笑い、篤臣はステーキをひっくり返した。江南は照れくさそうにまだ湿った頭をバリバリと掻く。

「なんや照れくさいな、そないなことで祝うてもろたら。小田先生に見ててもろて、どうにかやり遂げたようなもんなんやで？　まだまだ保護者が必要なお子様レベルや」

「それでもだよ。そうやってちょっとずつ、小田先生の技術をお前が受け継いでいけるんじゃないか。店で豪勢に祝うのは大袈裟かもだけど、家でささやかに贅沢《ぜいたく》な晩飯を食うくらい、いいさ。っていうか、俺が祝いたいんだよ。お前がそうやって頑張ってる姿が、俺の励みにもなってんだから」

「……篤臣……」

　飾らない篤臣の言葉に、江南はやはり照れくさそうに、けれどいつもの不敵な笑みで頷いた。

「ありがとうさん。……せやな、えげつないオペをどないかやり遂げるたびに、お前がどーんとステーキ食わしてくれるんやったら、それこそ励みになるな」

「……ステーキ目当てって、マジで子供か！」

笑いながら、篤臣は指先で肉の表面を軽く押した。

「んー、滅多にステーキなんか焼かないから、火の通りがよくわかんねえな。江南、焼き加減は？」

「そこはやっぱし、ミディアムレアっちゅう感じやろ」

「難しいとこを指定するなあ。……ま、たぶんそのあたりじゃないかな。食ってみて、赤すぎたらもっぺん焼けばいいか」

たいていのことには几帳面なくせに、妙なところで大雑把な篤臣は、あっさりとステーキ肉を皿に載せ、残った肉汁に赤ワインを入れて手早くソースを作った。

「お待たせ。お互い明日も仕事だから、ニンニクは自重した。でも十分旨《うま》いと思うぜ」

こういうときだけ、頼まれてもいないのにステーキの皿を両手に持ってダイニングに運びながら、江南は子供のような笑顔で断言した。

「絶対旨い。匂いでわかる。あっ、せやせや。こんなときにこそ飲まんとな」

皿をテーブルに置くと、江南は慌ただしくキッチンに引き返し、ワインボトルを持って戻ってきた。小田教授がレストランで土産《みやげ》にもらったが、自分は悪酔いするから飲めないと言って、江南にくれた赤ワインだ。コルクではなくスクリューキャップで栓《せん》をしてあるので、開けるのが容易《たやす》くて気軽に飲める。

篤臣が出してきたワイングラスになみなみとワインを注《つ》ぎ、江南はようやくTシャツを着て、テーブルについた。

「じゃ、とりあえず小さな進歩、おめでとう」

そんな温かな言葉とともに、篤臣はグラスを持ち上げる。

「そらどうも。でもって、お前もお疲れやったな」

軽く合わせたグラスがチリンと涼やかな音を立てた。冷やして飲むのに適した、軽い味わいのオーストラリアワインで唇を湿すと、江南は早速ナイフとフォークを取り上げた。大きく切った肉を口いっぱいに頬張り、満足げに唸《うな》る。

「んー、たまらんな。滅茶苦茶旨いで、これ。焼き加減も塩加減も完璧《かんぺき》や！」

「ホントに？　そりゃよかった。あ、ちゃんとつけ合わせの野菜も食うんだぞ？」

「わかっとる。せやけど今は、この幸せの塊みたいな肉を満喫したいんや」

お子様ランチを前にした幼児のように無邪気に喜ぶ江南に、篤臣はしみじみと、精肉コーナーで十分もウロウロして迷った挙げ句、奮発してよかった……と自分の決断に満足したのだった。


そして、幸せな食事もそろそろ終わろうという頃。

「なあ、篤臣。お前、まだ夏休み取ってへんやろ？」

ふと江南に問われ、篤臣はあっさり頷いた。

「うん、まだ。どうせお前、今年もろくすっぽ休めないんだろうと思ったから、城北教授と美卯さんに、先に休んでもらった。俺はべつにいつでもいいからって」

「そうか。それやったらよかった」

江南はホッとしたように頰を緩める。篤臣は不思議そうに首を傾《かし》げた。

「なんだよ。それがどうかしたか？」

「実はな。今年は一週間、がっつり休めて小田先生が言うてくれてはんねん」

思わぬ言葉に、篤臣は目を丸くした。

「一週間も？　いや、日数的には普通だけど、ぶっちぎりでかよ？」

「いや、さすがにそれはようせん。入院中の患者がおるし、まるっきり人任せは嫌やし」

「だろうな。ああ、ビックリした」

「せやけど、三日、二日、二日くらいに分けて、ちびちび休ませてもらおうと思てるんや」

「へえ、それはいいな。お前、ずっと働きづめだもん。短くても連休があれば、少しは身体を休められるだろ」

篤臣はホッとしたような笑みを浮かべる。

「……お前はホンマに、俺の心配ばっかしやな」

「へ？　なんだよ？」

ほろ苦く呟《つぶや》いた江南の声を聞きとれず、訝《いぶか》しげな篤臣を「ええねん」といなし、江南はこう切り出した。

「そんでな、物は相談やねんけど。お前も俺の夏休みに合わせて、休みが取れるか？」

篤臣は少し考えてから頷いた。

「うん。よっぽど大きな事件が起こらない限り、大丈夫だ。ほかの二人の夏休みはもう終わったし、あとは俺だけだから。九月に入ってからでもいいって言われてるしさ」

「そっか。ほな……その、俺、考えとることがあんねんけど」

急に背筋を伸ばし、両手を腿《もも》の上に置いた江南に、篤臣は不思議そうな顔をしつつ、つられてフォークとナイフを皿に置いた。

「な、なんだよ？」

江南は、なぜかきまり悪そうに……そしてやや緊張した面持ちで言った。

「その。二泊三日で、出かけへんか？　お前がよかったら、やけど」

いつもは横暴スレスレの独断専行がお得意の江南が、やけに低姿勢に切り出したのに戸惑って、篤臣は目をパチクリさせる。だが彼は、すぐにポンと手を打った。

「あ？　あ、もしかして、お前の実家に里帰りか？　親父《おやじ》さんかおかみさんが、体調でも悪いとか……それで店に急に人手が必要だとか、そういう？」

「違う違う！　そうと違うんや！　べつにお前を働かせようとか、そんなことは欠片《かけら》も思うてへん！　そうやのうて、やな」

慌てて両手を振る江南に、篤臣はますます怪しげに、江南の浅黒い顔を透かすように見た。

「じゃあ、なんだよ。どこへ出かけるってんだ？」

「その……いわゆる旅行っちゅうやつや。アメリカから帰ってから、それこそお互いの実家以外、どっこも行けてへんやろ。たまにはええん違うかと思てな」

「旅行？」

まるで聞き慣れない外国語を耳にしたように鸚鵡《おうむ》返しする篤臣に、江南はさらに緊張で顔を強張《こわば》らせながら頷いた。

「お、おう。旅行や。まあ、そない遠くへは行かれへんやろけど、盆も過ぎたし、ええ宿が空いてると思うんや」

「……そりゃ、まあ、それはそうかもだけど。でも、なんかお前、変だぞ？」

「へ、変？　べつに俺は……」

「いや、すごく変」

薄気味悪そうにそう言い、篤臣は江南の肩を指さした。

「だってお前、力が入りすぎて、肩がアメフト選手みたいになってるぞ。俺を旅行に誘うくらいで、なんでそんなに緊張してるんだよ？　何企《たくら》んでるんだ？」

「べ……べつに、企んでるとか、そういうことやあれへん。ただ……」

「ただ?」

これ以上引っ張ると、意外に短気な篤臣が怒り出しそうな気配を察知したのだろう。江南はガチガチになった肩を一度上下させ、深呼吸を二度繰り返してから、篤臣をテーブル越しに真っすぐ見つめてこう言った。

「お……温泉に行かへんか、て思うて」

「!」

いつもは穏やかな篤臣の瞳《ひとみ》が、真ん丸に見開かれる。思いも寄らない誘いの言葉に、さすがの篤臣もとっさに返す言葉が浮かばなかったらしい。

言った江南も、何かとんでもない暴言を吐いたあとのような、不安と後悔が入り交じった複雑な表情で口を噤《つぐ》む。それまで和やかだったテーブルに、気まずい沈黙が降りた。

旅行先としては極めてポピュラーな「温泉」が、江南と篤臣には極めてセンシティブな……あえてそれと定めたわけではないが、「禁句」に近い言葉であり続けた理由は、二人の過去にあった。

ずっと江南を頼れる親友として好きだった篤臣と、篤臣への恋心を学生時代から延々と押し隠し、女性とつきあうことで自分を偽ってきた江南。

そんな二人の微妙すぎる関係がついに崩壊したのが、彼らが揃《そろ》って出席した国際学会の会場、箱根《はこね》温泉の宿だった。酒に酔ったまま露天風呂に入り、無邪気にじゃれついてくる篤臣を、本人曰《いわ》く「ブチッとキレた」江南が強姦《ごうかん》まがいに抱いてしまったのだ。

親友だと思っていた男がずっと自分を恋愛の対象として見ていたことに対する戸惑いと、身体と心を同時に深く傷つけられたショックで、篤臣は江南を強く拒絶した。

対する江南は自己嫌悪で酒に溺《おぼ》れ、手術中に誤って自分の手を傷つけて感染の危機に晒《さら》され、自分がさんざん傷つけた篤臣をさらに心配させるという失態を犯してしまった。

二人ともをよく知る美卯がさりげなくあいだを取り持ってくれたからよかったようなものの、一歩間違えば、二人は再び心を通い合わせることなく、決して癒《い》えない傷を負ったまま生きていかなくてはならなかったのだ。

結局、篤臣が江南の想《おも》いを受け入れ、そこから長い時間をかけて今の穏やかな日々と揺るぎない絆《きずな》を手に入れた二人だが、それでも「温泉」という言葉はこれまで口に出さずにきてしまった。

篤臣にとっては、深いトラウマがどうしても甦《よみがえ》ってしまう言葉だったし、江南にとっても、大きすぎる過ちを……たとえ篤臣が許しても、自分自身が許せない、そして取り返しのつかない罪を思い起こさせる言葉だったからだ。

何も言わず、感情の読めない表情で固まっている篤臣に、江南はガックリと肩を落とし、目を伏せた。

「やっぱし……アカンか？　温泉て聞いただけで、お前、まだそないなってしまうんやな。すまん、やっぱし忘れてく……」

「違う」

だが篤臣は、江南の言葉を荒っぽく遮った。その拳《こぶし》は、テーブルの上で固く握りしめられている。

「違うんだ、江南。そういう勘違いだけはすんな。そうじゃなくて……俺はただビックリした。それだけなんだ」

「ビックリした？　俺が温泉行こうて言うたからか？」

篤臣は少し困り顔で首を傾げた。

「うん。それもあるけど……そうか、あの夜から俺、温泉に行くなんて発想、どこにもなかったなと思って。まあ、俺たち、留学しちゃったせいもあって、そもそも旅行の話自体をあんまりしなかったけど。お前が新婚旅行云々《うんぬん》って言い出したのも、アメリカにいたときだったから、温泉っていう選択肢はなかったもんな」

「……うう」

「それにしたって、温泉なんて、国内旅行ではいちばんポピュラーな行き先なのにさ。俺、ホントに一度も行きたいと思わなかった。無意識に温泉って言葉自体を忘れようとしてたのかも、っていうか、あのときのことを記憶の奥の奥にしまい込んで簡単には出せないようにしてておこうとしてたのかもしれない。今、初めてそう気がついたんだ」

「篤臣……」

「もしかして、お前はずっと、いつかそんなふうに俺を誘おうと思ってたのか、江南？　まだあの夜のこと、お前の中では傷に……？」

「当たり前やろ。お前の心にも身体にも傷つけといて、自分だけ治れるかい。この傷は、一生もんや」

「………」

きっぱりした返答に、篤臣は困惑の面持ちになる。江南は立ち上がると、椅子《いす》にかけたままの篤臣を、背後からギュッと抱いた。

「江南……？」

「ホンマのこと言うたら、ずっと悩んどった。温泉の話を蒸し返して、お前がせっかく普通に暮らしてるんをまた苦しめてしもたらどうしようかとか、また俺んこと避けるようになったら、それこそどないしようとか。……けど、お前があのときのことをいくら記憶の深いとこに落としてみたところで、忘れられるわけはあれへんやろ」

篤臣は、覆い被《かぶ》さるように自分を抱く江南の頭に軽く触れ、小さく嘆息した。

「そりゃそうだよ。俺にとっては……その、身体的には虫垂炎の次に痛かった事件だし、心にも……いまだに父が死んだことと並んで、いちばんつらかった記憶だ。そんなのを忘れちまったら、俺はただの馬鹿じゃないか」

「………」

何かを堪《こら》えるような抑えた声で、けれど篤臣は穏やかに言葉を継いだ。

「けど、お前はもっとつらいはずだ。いくら俺が自分にも非があるって認めても、あの夜の記憶を引きずる限り、お前はずっと自分を責め続けることになるだろうと思った。だから俺のほうから、一日も早く、あのことは気にしなくて済むようになろうと努力した」

「お前は……やっぱり俺のことばっかしやな、篤臣」

江南は呻《うめ》くように言って、篤臣の首筋に鼻面を押し当てた。まだ生乾きの髪から、シャンプーの甘い香りがする。江南は「女の使うもんみたいや」と嫌がるが、猫っ毛の篤臣が具合がいいからと、無理やりバスルームに置き続けている代物だ。

「そりゃそうだよ」

囁くように言って、篤臣は江南の髪をそっと撫《な》でた。学生時代には、何度か派手に染めて伸ばしたことのあるその髪も、今は外科医らしくこざっぱりとカットされている。一度は本気の短髪にしてみたがあまりにも似合わず、本人が大いに凹《へこ》んで半年も帽子生活を送った挙げ句、今は耳にかかる長さで折り合いをつけたらしい。

自分のやわらかな毛と違い、太くて弾力のある江南の髪の感触を楽しみながら、篤臣は宥《なだ》めるような口調で続けた。

「何度も言ってるだろ。お前が大事だって。大事だからこそ、あんなトラウマを乗り越えて、今こうして一緒にいるんだ。少なくとも俺のほうから、あのときのことを持ち出して、お前をつらくするつもりはこれっぽっちもなかった。俺の中でも、あれはもう終わったことだしな」

迷いのない口調に、今度は江南が深い息を吐く番だった。温かな篤臣の肌に唇を軽く触れさせたまま、江南は低い声で言った。

「……すまん。けど、俺ん中では違うねん。あのときのことを、俺はうやむやに片づけてもうた気がしとってな」

「うやむや？」

「せやろ。俺あんとき、酒でボロボロやったし、もしかしたらオペ中の怪我《けが》でエイズに感染したかもしれへんっちゅうときやったし……。ホンマはお前にグラウンド一周どつかれながら、地べたに転がって謝り続けるくらいせえへんとアカンかったとこ、俺が不甲斐ない状態やから、お前、それもできへんかったし」

プッと篤臣が小さく吹き出すのを聞いて、江南はやはり顔を伏せたまま、不満げに言い返す。

「俺は真面目《まじめ》に言うてるねんぞ」

「知ってるよ。だから可笑《おか》しいんだ。……当時、最低な状態のお前を責められないと思ったのは確かだ。けど、あのときの姿は……お前がそんだけ自分を責めて苦しんだって証拠でもあった」

「……まあ、それはそうやけど」

「それに、お前をグラウンド一周殴って歩いたら、俺の拳がいかれちまうよ。俺はお前と違って、喧嘩《けんか》番長じゃないんだからな。そんなつもりは最初からなかった。……っていうより、お前があのときのことを、まだそこまで気に病んでたとは知らなかった」

江南はようやく顔を上げ、篤臣の顔を至近距離から覗き込んだ。

「そら気に病まんかったら嘘《うそ》やろ。自分のいちばん大事な人間を、最低のやり方で傷つけてしもたっちゅう事実は、何がどう転んでも変わらんのや。それは、お前が俺を許そうと許すまいと、変わらん事実なんや」

「江南……」

「せやから。もしお前がどうしても嫌やなかったら、あんときのこと、もっぺん仕切り直させてくれへんか？　俺、なんだかだ言うて肝心なとこでヘタレやから、言い出すんにこんだけ時間かかってしもたけど」

篤臣は、ゆっくりと首を巡らせた。いつもは軽口ばかり叩く江南の唇が、篤臣の答えを待ってきつく引き結ばれている。これまたいつもは不敵な目が不安げに揺れているのを見て、篤臣は胸がギュッとなるのを感じた。

「仕切り直すって……？」

江南は篤臣から身体を離し、真っすぐに立った。ごく自然に篤臣も椅子から立ち上がり、江南と向かい合って立つ。そんな篤臣の左手を自分の両の手で包み込み、江南は真摯《しんし》な面持ちで言った。

「べつに、箱根のあの宿でのうてもええ。けど、どっか温泉行って、ええ宿に泊まって……たまには二人でのんびり過ごして、旨い飯食うて、散歩して……ほんで、一緒に風呂入って」

江南はそこで言葉を切り、生唾《なまつば》を飲み込んだ。自分の手を包み込む江南の一回り大きな手が、汗でじっとり湿っている。彼の緊張が痛いほど伝わってきて、篤臣は自分の心臓までドキドキし始めるのを感じた。

「そんで……俺にお前のこと、死ぬほど優しゅうさしてくれへんか？　俺の手で、お前に温泉にまつわるええ思い出を一つだけでも作らせてほしいんや。記憶の上書きができへんことくらいはわかっとる。せやけど……お前に悪い思い出を一つ背負わせてしもた分、とびきりええ思い出も一つ、俺の手でお前にプレゼントしたいねん」

まるでもう一度口説《くど》かれているような心のこもった言葉に、篤臣の頬が徐々に赤く染まっていく。そんな篤臣に触れるだけのキスをして、江南は見開いたままの色の薄い瞳を透かすように見た。

「どうや？　それとも、やっぱし嫌か？　それやったら、ホンマに無理強いはせえへん。かえってお前に嫌な思いをさすなんて、本末転倒……っ！」

江南は息を呑《の》んだ。じっと押し黙って聞いていた篤臣が、いきなり握られていた手を振りほどき、江南をギュッと抱きしめたからだ。身長はたいして変わらないので、べつにどちらがどちらを……ということではないのだが、シャイな篤臣はたいてい受け身で、仕掛けるのはいつも江南のほうだ。普段とは逆の体勢に、江南は両手を宙に浮かせたまま目を白黒させる。

「あ……つおみ?」

「わかった」

自分に江南ほどの腕力がないことを残念に思いつつ、篤臣は江南の広い背中を、彼にしてはせいいっぱいの力で抱いて、ただ一言答えた。きっと胸の中で何年も転がし、練り、翻し、躊躇《ため》い続けてきた挙げ句ようやく思い切った江南の誘いに、どう答えたら彼の想いに報いることができるのか……篤臣にはわからなかったのだ。

「篤臣……」

どんな言葉よりも雄弁な抱擁に、ずっと強張っていた江南の身体から徐々に力が抜けていく。ようやくいつもの彼らしく笑って、江南は篤臣をギュッと抱きしめ返した。互いの身体の温《ぬく》もりに、奇妙な緊張がほぐれていくのがわかる。

「ありがとうな、篤臣。そうは言うても、基本は夏休みや。楽しゅう過ごそうや」

「……うん。変に気負わずにな」

そう言って、篤臣は江南の腕の中で軽く身体を捻《ひね》る。その動きに誘われるように、江南は篤臣にキスした。互いの口の中にアルコールの残滓《ざんし》を感じながら、やわらかな舌を味わい、何度も唇を重ねる。

「……なあ」

キスの合間に、篤臣は湿った声で江南に呼びかけた。このままベッドにもつれ込む気満々で、篤臣のパジャマの上着をたくし上げようとしていた江南は、「あ?」と間抜けな顔で返事をする。

そんな江南に、篤臣はやけに真剣な面持ちで言った。

「その旅行ってさ」

「おう」

「お前の奢《おご》りか?」

唐突に発せられたやけにリアルな質問に、江南の手が止まる。

「あ……いや、そら俺が誘ってんから、もちろんそのつもりやけど。なんで?」

篤臣は、眉間《みけん》に軽い縦皺《たてじわ》を寄せて、子細らしく答えた。

「いや、べつに家計から出せないわけじゃないんだけどさ。急な話だから、予算に組み入れてないだろ?」

「そ……そらそうやろな。さっき言い出したばっかしの話やし」

「俺、予算と決算が合わないとイラッとするんだよな。二人で出し合った生活費を俺が管理してるんだから、しっかりやりくりしなきゃって思うと、こう……」

「あー、わかったわかった！　百パーセント俺の奢りや。安心して、どーんと乗っかってこんかい！」

「……そっか。よかった。ありがとな」

江南が奢りを宣言した途端、篤臣はあっけらかんとした無邪気な笑みを見せる。篤臣らしいといえばあまりにもらしすぎる現実的な発言に、江南は苦笑いした。

「お前……いつも俺にデリカシーがないて怒るけど」

「ん？」

「お前にはムードがない！　今こそ断言さしてもらうで」

「なんだよ、それ。だいたいムードって言ったたって、飯食い終わって、夏休みを取って旅行に行く話がまとまっただけで……うわッ」

口を尖《とが》らせて言い返そうとした篤臣は、途中で悲鳴を上げるはめになった。焦《じ》れた江南が、いきなり身を屈《かが》めたかと思うと、荷物のように江南を担ぎ上げたのだ。

ちょうど臍《へそ》が江南の肩に乗っている都合上、篤臣の下半身は江南の腹側、上半身は背中側にぶら下がった状態だ。

「こらッ、お前、いきなり何すんだよ！」

怒って罵声《ばせい》を放ち、両の拳で背中をぽかぽか殴ってくる篤臣にかまわず、江南は大股《おおまた》に歩き出した。

「何て、腹ごなしのための戦場へと移動を……」

「戦場って……食後の一休みくらいさせろッ！　それに、俺には洗い物が……」

「あとで俺がやる。せやからこっから先は、さっき風呂場でそうやったみたいに、俺の身体のことだけ考えとれ」

「……な……ッ」

逆さに担がれているせいだけでなく、甦った記憶も手伝って、顔に血が集まってくる。篤臣は寝室に運ばれながら、心底悔しそうに悪態をついた。

「うあああ……くそ、俺はつくづく、お前に甘すぎる！」

「ははは、それがお前のええとこやないか」

怒りつつもすでに八割諦《あきら》めムードの篤臣に、江南はさっきまでの殊勝な態度はどこへやら、口笛でも吹きそうな勢いで寝室に向かう。圧倒的な体力の差を思い知らされつつ、篤臣はなすすべもなく「戦場」へと連行された……。


「……ッ」

ベッドに組み伏せられるたび、少し硬めのマットレスでよかったと篤臣は頭の片隅で思う。これで迂闊《うかつ》にやわらかなベッドなら、早晩スプリングか彼の腰が駄目になっていたことだろう。

一度、勢いに任せてボタンを引きちぎられた篤臣が烈火の如く怒ったので、江南はもどかしそうに、しかし外科医の器用な指をフル活用して、篤臣のパジャマのボタンを外していく。

「ここで寝るんは五日ぶりやけど……お前にこうしてさわるんは、どんだけぶりや？　十日？　二週間やったか？　お前几帳面やから、日記にでもつけとるん違うか？」

わざと首筋の弱いところに息がかかるように、江南はからかい口調で問いかける。

「……俺には、そんな記録をつける変態趣味はねえ……んっ」

上着の前がはだけられ、骨張った大きな手が胸元を這《は》い回る感触に、篤臣は息を詰めた。手術に入る前には、必ず十分近くかけて入念に手を洗う外科医の習い性で、江南の手のひらには脂っ気の欠片もなく、指先もざらついている。

その紙やすりのような感触が胸の先端を掠《かす》めると、普段は意識することのない場所から奇妙な興奮が腰に走る。いったい、どんな神経が離れた場所どうしを繋《つな》いでいるのかとぼんやり考えていたら、指先で敏感にさせられたそこにねっとりと舌を這わされ、篤臣は不意打ちに負けて小さな声を漏らした。

「あっ……ぁ」

仰向《あおむ》けに横たわった篤臣の腰を両膝《りょうひざ》で挟みつけ、上体を起こした江南は、無造作にTシャツを脱ぎ捨てる。現れた引きしまった身体に、篤臣の喉《のど》が鳴った。

「惚れ惚れするやろ？」

自信過剰な台詞《せりふ》とともに、江南は再び篤臣に覆い被さる。自分より体温の高い、広い背中に腕を回しながら、篤臣はそれでも悪態をついた。

「それ以前に、重い」

「愛の重さや。よう味わえ」

恥ずかしい言葉を上乗せして、江南は本当に容赦なく体重をかけ、篤臣の首筋に軽く歯を立てる。

「痛っ、ちょ、痕《あと》を残すなよ、そんなとこに」

文句を言おうとする篤臣の唇に親指の腹を当て、江南は不満げに閉じられた薄い唇に、音を立ててキスをした。

「ええから、そろそろ黙れや。むしろ、俺がお前を満喫したい気分やねん。……な？」

「……お前、ホントにずるい。その、な？　っていうやつ」

膝あたりまで中途半端に引き下ろされたパジャマのズボンと下着を、両足を使ってゴソゴソと脱ぎ捨てながら、篤臣はさらに文句を言う。口ぶりは怒っていても、その優しい瞳が呆れ交じりに降参を宣言しているのを見取り、江南は野性的な目を細めた。

「何がやねん」

「なんか……普段はふてぶてしいくせに、そういうおねだりのときだけ妙に可愛《かわい》くなるのは反則だっ」

「ええやないか。可愛い俺は嫌いか？」

「………知るか！　ん、ふっ……」

恥ずかしがり屋な篤臣は、抱き合う段になっても沈黙がきまり悪いらしく、こういう関係になって何年も経つ今でも、やたら喋り続けようとする奇妙な癖がある。

それを強引に深いキスで黙らせ、舌を絡ませて言葉を奪いながら、江南は片手を篤臣の下半身に伸ばした。まだわずかな反応しか示していないそこをすくい上げるように愛撫《あいぶ》すると、胸の下で篤臣のすらりとしたしなやかな身体が反り返る。

「はっ……ぁ、あっ……」

キスの合間に切れ切れに上げる篤臣の掠れ声や、手の中で硬さを増していく楔《くさび》の熱に、江南の欲望も刺激される。文句を言いつつも、江南が求めるままに身体を開き、素直な快感を伝える篤臣に、愛《いと》おしさがこみ上げた。

「んっ……い、っぽう、てき、にっ……」

ずるいと言いたげに、篤臣の手が江南のすでに熱いそれを捉《とら》える。一方的に煽《あお》られるだけでなく、互いに求め合い、ともに上りつめたいのだという篤臣の気持ちが伝わってきて、拙《つたな》い手技でも江南の熱は強く反応した。

「……俺、ヘタだろうけど……いいか？」

強気に触れてきたくせに、やけに不安げに篤臣が問いかけてくる。喘《あえ》ぎを堪えるような掠れ声に、江南はうっすら汗ばんだ篤臣の耳元に囁き返した。

「ええ。上手い下手の問題やない。お前の手やから……何よりええんや。なあ、篤臣」

「っ……ん、うん……？」

「ええ夏休みにしような」

「……ん……あ、あっ」

返事をする前に、雫《しずく》をこぼし始めた芯《しん》を強く扱《しご》かれ、篤臣は体内に渦巻く衝動に耐えかね、江南のたくましい肩に歯を立てた……。

＊　　＊

それから五日後。

首尾よく揃って夏休みを取った江南と篤臣は、久しぶりの旅行に出発することになった。

前夜にあり合わせメニューで冷蔵庫を空っぽにし、翌朝はいつもよりうんとゆっくり起きて身支度を整え、戸締まりをして家を出た。

二人分の荷物を詰めたキャリーバッグは、「今回の旅行は、俺のご招待やからな！」と、江南が張りきって引っ張っている。

天気は快晴、そのせいで残暑は厳しいが、なかなかの旅行日和だ。子供たちの夏休みも終盤に差しかかった平日ゆえ、交通機関もそう混んではいないだろう。まさに、大人の旅には最高のコンディションと言える。

ところが、マンションのエントランスを出た途端に、江南のポロシャツの胸ポケットで携帯電話が盛大に鳴った。江南は顔を顰《しか》めて立ち止まる。

「誰やねん、こんな最悪のタイミングでかけてきよる奴は……って、うあ。教授《プロフェッサー》や」

液晶に表示された名前を見て、江南は困惑の面持ちになる。篤臣も、気がかりそうな顔をした。

「小田先生？」

「おう。……なあ、いっそ出んとこか」

夏休みだと知った上での上司からの連絡だ。ろくなことにならないのがわかっているので、篤臣を気遣って江南はそう言ったが、篤臣は慌ててかぶりを振った。

「何言ってんだよ。ほかならぬ小田先生じゃないか。出ろよ」

篤臣とて、電話を受けてしまったらどうなるかはうすうす見当がついている。だが、ここで小田からの電話を無視したら、旅行中、江南はずっとそのことを気にし続けるだろう。そのほうが、篤臣にはよほど気が塞《ふさ》ぐことなのだ。

「……ほな」

江南はいかにも気の進まない様子で通話ボタンを押した。

「もしもし？　おはようございます」

スピーカーからは、ひどく済まなそうな小田の声が聞こえてきた。あたりが静かなので、篤臣にもその声はどうにか聞き取れる。

『おはよう。休暇初日にいきなり邪魔して悪いね、江南先生。もう旅先？』

「いや……今、家出たとこですけど。何か？」

『うん。実は、来週手術予定だった患者さんがね……ほら、加藤《かとう》さん。今朝《けさ》、突然大量下血してね。緊急手術になったんだ。僕が執刀するつもりだけど、ほかのオペも今日はけっこう込み入ったやつが多くてね。副手に入れるドクターがいなくて……その』

「俺、ですか」

『うん。本当にごめんよ。旅行に行くって知っていながら、こんなこと頼むのはまことに申し訳ない。オペさえ終われば、あとは僕が診《み》るから、なんとか頼めないかな。ええと、傍《そば》に永福先生はいるの？』

「いてますよ」

『話してみてくれないか？　彼が許してくれたら、君、オペに入ってくれるだろ？』

江南が我儘《わがまま》を言うことが多いので、一見亭主関白に見える江南と篤臣だが、その実、江南の手綱は篤臣がしっかり握っていることを小田はとっくにお見通しなのだ。

「……やて。どないや？」

江南はゲンナリした顔で携帯電話を耳から離し、篤臣を見た。その野性味溢《あふ》れる顔には、このまま断って旅行に行きたい思いと、尊敬する上司の小田に頼られて嬉しい心情とが綯《な》い交《ま》ぜに浮かんでいる。

残念な気持ちを押し隠し、篤臣は微笑して言った。

「どうせこのまま旅行に行ったって、お前、オペのことが気になって何もかもが上の空になるんだろうな」

「た……確かに、それはそうかもしれへん。けど……」

「いいよ、行けよ。患者さんも小田先生も、お前を頼りにしてくれてるんだ。応《こた》えなきゃ、男が廃るだろ」

「……すまん」

短く謝って、江南は再び携帯電話を耳に押し当てた。

「もしもし？　ほな、今からすぐ行きますし」

それを聞いて、小田の声がパッと明るくなった。

『本当かい？　恩に着るよ。永福先生にも、くれぐれもよろしくと……僕が平身低頭で謝り倒していると伝えてくれないか。あと、必ずオペが終わり次第、君のことは自由の身にするし、夏休み中、二度と邪魔しないと約束するからって！』

小田の教授とは思えない平謝りコメントに、篤臣は慌てて両手を振ってみせる。江南は苦笑いで言った。

「そないに気ぃ遣われたら、篤臣が困りますて。そしたら、あとで」

通話終了ボタンを押し、江南はそれこそ小田以上に済まなそうな顔つきと声で、篤臣に詫《わ》びた。

「ホンマにすまん。俺から言い出した旅行やのに、こないなことになってもうて」

篤臣は少し寂しそうに、けれど笑ってかぶりを振る。

「仕方ないよ。そういう仕事だもんな。……どうする？　いっそ旅行、キャンセルするか？」

だが江南は、それには毅然《きぜん》とした口調で答えた。

「いや。それはアカン。お前、悪いねんけど、先に宿に行っとってくれへんか？　俺は、あとから追いかけるし。絶対今日じゅうに合流できるはずやから」

「本当にいいのか？　経過とか、気にならないか？」

江南の仕事熱心さを知っているだけに、篤臣の口調は若干疑わしげになる。だが江南は、それでも頑固に言い張った。

「術後経過は小田先生が診てくれはる言うてんねんから、俺が気にするんは僭越《せんえつ》っちゅうもんやろ。……俺、今度の旅行だけは諦めたないねん。頼むわ」

まるで子供のように懇願する江南に、篤臣はようやく愁眉《しゅうび》を開く。

「わかった。じゃあ俺、先に宿に入ってのんびりしてるから、思う存分仕事をしてから来いよ」

「……ええんか？」

自分で待っていてくれと言いながら、江南は心配そうに念を押す。篤臣は、努めて明るく笑ってみせた。

「当たり前だろ。俺はいい大人なんだから、ひとりで楽しく過ごしてるさ。お前も、全力で頑張ってこい。そんでもって、絶対焦って飛んでくるなよ。お前、慌てるとろくなことにならないんだから。……お前が事故に遭いでもしたら、そのほうがうんと困るんだからな、俺」

心のこもった篤臣の言葉に、江南の顔から懸念の色が消えていく。

「ありがとうな、篤臣。……ほな、ちょっと行ってくる。悪いけど」

遠慮がちに差し出されたキャリーバッグを、篤臣はこともなげに受け取った。ハンドルには、江南の手の温もりが移っている。それを妙に寂しいような気持ちで感じながら、篤臣は空いた左手を軽く上げた。

「ああ。俺がちゃんと持ってくから、心配すんな。……じゃあ、たぶん、夜にな」

「おう。……ホンマに俺は、ようできた嫁を持った幸せもんや」

最後に万感の思いを込めたよけいな一言と、ドサクサ紛れのキスを残し、江南は駐車場へと走っていく。その背中を見送り、「事故るなよ〜」と力なく呟いて、篤臣はゴロゴロとキャリーバッグを引きずりながら駅へと歩き出した。

「……はあ。初っぱなからこれかよ」

思わずそんな呟きと溜め息が漏れる。

江南の仕事第一主義は今に始まったことではないし、それが、彼が家庭を粗末にしているという意味ではないと、篤臣にはよくわかっている。

江南がいい仕事をすることが、篤臣にもいい刺激になり、そのことを誇りにも思える。それはきっと、江南にとっても同じことだろう。

だから、江南を病院に送り出したことに不満も後悔もないのだが、旅のスタート地点でいきなり置き去りにされては、さすがに多少侘《わ》びしい気分になっても、誰も篤臣を責めることはできないだろう。

(そもそも国際学会に出るために一緒に行った箱根温泉であんなことになって……で、新婚旅行だって連れて行かれたカナダでは、江南が腹下して。俺たちって、トラブル抜きで旅行できない呪《のろ》いでもかかってんのか?)

そんな馬鹿馬鹿しいことを考えながら歩いていると暑さとキャリーバッグの重さがいきおい不快になってくる。

「……くそ。今度ばかりは、多少小田先生を恨んでも、バチは当たらねえよな」

そんな独り言を口の中で転がしながら、篤臣は重い足取りでひとり歩き続けたのだった。

二章　許し合えるように

「では、ごゆっくり」

お茶とお菓子を置いて宿の客室係が出て行くと、篤臣はようやく緊張を解き、正座していたせいで軽く痺《しび》れた足を伸ばした。

江南が予約していたのは、湯河原《ゆがわら》温泉の中心部から少し離れた道路沿いに建つ、こぢんまりした宿だった。

ＪＲ踊《おど》り子《こ》号に乗って湯河原駅に降り、そこからはバスで十分程度の道のりだ。家を出てから三時間弱のそこそこ短い行程だったので、身体的にはたいして疲れはしなかったのだが、いかんせん一人旅など生まれて初めての篤臣は、必要以上に気疲れしてしまった。

「ふー……。暑いけど、不思議と熱いお茶が美味《おい》しいな」

出されたお茶を啜《すす》り、篤臣はホッと息を吐いた。

存分に寝坊して朝食がほぼブランチ状態だったので、湯河原の駅前でちょっとしたつまみや飲み物を買いはしたものの、昼食を摂《と》る気にはならず、結局、チェックイン可能な時間まで土産物屋を覗いて暇つぶしをしただけだった。

おかげで小腹が空《す》いてきて、篤臣はお茶請けの菓子に手を伸ばした。地元の銘菓なのだろう。みかんの風味をつけた白あんを挟んだ最中《もなか》だ。それを食べてお茶を飲み、自分でお代わりを煎《い》れてもう一杯飲むと、腹と気分は落ち着いたが、それ以上やることがない。

「……よし」

篤臣は立ち上がると、おもむろに「お部屋探険」を始めた。

江南はずいぶん張り込んで、露天風呂つきの部屋を予約していた。この宿には一つしかない特別な客室なのだと、さっきお茶を煎れながら客室係が少し羨《うらや》ましそうに教えてくれた。

そんな部屋に男二人で泊まることを、宿の人はどう思っているだろうか……と篤臣は冷や汗を掻く思いだったが、最近では同性の友人と旅行する男性客も多いらしい。

「私も、色気はなくても女どうしで旅行するほうが楽でいいです。男性だって、男どうしのほうが気楽でよろしいですよねえ。カップルはもちろんロマンチックですけど、気を遣うことも多いですもん」と、まだ若い客室係は屈託なく笑っていた。

（気楽っていうか、俺たちの場合は、自宅の延長みたいなもんだけど……）

さっき飲み込んだそんな言葉を胸の中で呟きながら、篤臣は室内を見回した。

十畳の和室には立派な床の間がついていて、季節の花が控えめに生けられてある。その傍ら、立派な黒檀《こくたん》の台に鎮座しているのは、どう見ても沖縄《おきなわ》のシーサーだ。

なぜそんなものが湯河原の温泉宿に飾られているのかは、かなり深い謎《なぞ》である。追及してみたいところだが、あるいはしないほうがいいのかもしれない。

開け放した障子の向こうは、四畳ほどのフローリングのスペースになっていて、丸テーブルと椅子が二脚、それに冷蔵庫が配置されている。

宿が小高い場所にあるので、大きな硝子《ガラス》窓からは緑の山が見渡せ、眼下には小川が流れている。いかにも牧歌的な雰囲気だ。

さらに部屋の奥には、露天風呂に続く木の引き戸があった。

少しドキドキしながらその引き戸を開け、浴槽のあるベランダに出た篤臣は、感嘆の声を上げた。

「……へえ。こりゃ、すっげえな」

ここに来るまでは、専用露天風呂といっても、どうせよくあるタイプの、せせこましい陶器の大桶《おおおけ》を風呂だと言い張って設置した程度のものだろうとたかを括《くく》っていたのだ。

だが、自宅のリビングくらいは優にある広いデッキには、御影石《みかげいし》のタイルを貼った立派な浴槽があった。大人四人が余裕で入れそうな大きさだ。

浴槽には、斜めに切り落とした竹筒からかけ流しの湯が少しずつ流れ込んでいて、湯気がもうもうと立ち上っている。

浴槽の縁にもぐるりと広く浴槽と同じ黒っぽいタイルが配置され、その気になれば足湯も楽しめそうなしつらえだ。

無論、外から見えないように浴槽周囲は板塀で囲まれているが、ちょうど浴槽につかったときに外が見えるように、塀の一部に細長い小窓も切られている。

部屋の入り口脇《わき》にはユニットバスもあったので、大浴場に行かずとも、ここで十分に風呂を楽しむことができそうだった。

「いい部屋だなぁ」

感心して首を振りながら、篤臣は部屋に戻った。

緑が多いからか、湯河原の暑さは首都圏のそれに比べれば凌《しの》ぎやすい気がする。それでも、冷房の効いた客室に入ると、滲《にじ》みかけた汗がすっと引くのがわかった。

荷ほどきをしようかと思ったがそれもなんとなく億劫《おっくう》で、篤臣は二つ折りにした座布団を枕《まくら》にして、畳の上にごろりと横になった。

両手両足を投げ出して仰向けに寝ころぶと、急に杉板張りの天井が高く見える。冷たい畳が、背中に心地よい。

この部屋は半分離れのような場所にあるので、ほかの客室からの音は聞こえず、恐ろしいくらい静かだった。きっともう少し涼しくなれば、セミが鳴き始めるに違いない。

「ホントは……二人でここにいたはずなんだよな」

そう思うと、広い部屋にひとりきりの虚《むな》しさがこみ上げてきて、篤臣はギュッと目をつぶった。そして、江南がこの部屋に到着したとき、どんなリアクションをするだろうか……と想像してみる。

（あいつだったら、部屋に踏み込んだ瞬間に、でっかい声を出すんだろうな。「ええ部屋やないかー！　俺の目に狂いはなかった！」とかなんとか。思いっきり大喜びでさ）

そのときの江南の顔と声が容易に想像できて、篤臣の唇にはやわらかな笑みが浮かぶ。

彼のことだ、黙っていればクールで取っつきにくい顔をクシャッと笑み崩し、あの人懐っこい関西弁で心のままに喜びを表現することだろう。

べつに情緒に乏しいわけではないのだが、開けっぴろげな江南とつきあううちに、自然と控えめな態度が板についてしまった篤臣である。さっきこの部屋に案内されたときも、緊張が手伝い、「……広いですね」となんの捻りもない感想を述べるのがやっとだった。

きっと、無邪気に部屋を褒め、大喜びする江南が一緒なら、さっきは必要最低限の会話しかしなかった客室係の女性も、宿や地元の自慢を含め、もっといろいろと他愛ない話をしてくれたに違いない。

（俺はああいうとき、気が利いたことが言えなくて駄目なんだよな。江南……どうしてるんだろ。手術、上手くやれてるんだろうか）

篤臣はほんの少しだけ頭を浮かせ、座卓に置いてあった携帯電話を取った。

チェックしてみたが、メールも電話も着信がない。

「まだ、頑張ってるのか……」

消化器外科においては、手術が長時間に及ぶことは決して珍しくない。いったん手術室に入ってしまえば、何時間かかろうとも医師、特に若手はろくに休憩も取らずに手術に没頭する。

とりわけ江南のように一点集中型の人間は、手術が無事に終了するまで、篤臣に連絡を入れるどころか、旅行のこと、いや携帯電話の存在すらも忘れてしまっていることだろう。

「オペ、手こずってんのかな」

ふと心配になるが、まだまだ修行中の江南はともかく、執刀医の小田は百戦錬磨の名医である。きっと手術は首尾よく進んでいるだろうし、江南も小田から匠《たくみ》の技を大いに学んでいることだろう。

「……あいつなら、いっぱい勉強できて幸せな時間を過ごしてるんだろうな。俺は、どうしようか」

篤臣は、そう独りごちて、薄い唇を引き結んだ。

マンション前で別れたあと、江南からは、「近くにあれこれ見るもんもあるやろし、俺のことは気にせんと楽しんどってくれや」というメールが来た。確かに、卓上に置かれている観光案内地図には、美術館や遊覧船、滝などの情報がわんさか載っている。宿の周辺だけでも、半日くらいは余裕でつぶせそうだ。

実際、ここに着くまでは、荷物を置いたらすぐに出かけて、夕方まで近場を見て歩こうと思っていた。積極的に遊ぶ気はしなくても、ぶらぶら歩きなら楽しめるだろうと思ったのだ。

だが、こうして寝ころんでしまうと、背中全体から文字どおり根が生えた。

再び暑い屋外に出るのが億劫だし、ましてどこへ行こうとひとりぼっちで、何を見ても感想を江南と分かち合えないと思うと、いきおいすべてがつまらなくなってしまう。

(夜に江南が来たら、きっと、今日は何してた？　って訊《き》くだろうな。ここでじっとしてたって言ったら、あいつ、かえって気を遣ったり、心配したりするかも……だけど)

そう思いつつも、最初から単独行動の予定ならともかく、今回の旅行では、ずっと二人で一緒に過ごすつもりでいたのだ。江南が到着するまで、あえて行動を起こす気にはどうにもなれない。

「あいつがいないと何もできない奴みたいで、悔しいけど……。でもなあ」

それでも、やはり今回の旅行は二人にとって特別な意味を持つものだ。だからこそ、すべてのことを二人で経験したい。そんな気持ちが強くて、篤臣はしばしの葛藤《かっとう》の後、外出を諦めることにした。

江南から連絡があったとき、すぐ応じられるよう、携帯電話を頭の横に置く。

弱くかけたエアコンの風と、都会の日常ではなかなか得られない昼間の静寂が心地よくて、寝ころんでいると眠気が押し寄せてきた。

ここしばらく解剖件数がやたら多かったので、今日寝坊をした程度では疲労から回復しきれていなかったのかもしれない。自分よりもっと疲れているはずの江南が手術室にいるのに、自分だけここでのうのうと転がっていることに罪悪感を感じるものの、待つよりほかにすることがないのだから仕方がない。

(それに……うん、どこへも行かなくても、今、俺、ここですごく気持ちいいし。ある意味、好きに楽しんだって言っても、嘘じゃないよな)

怠惰な自分を正当化するための理屈を頭の中で構築し、篤臣は睡魔の甘美な誘惑に身を委《ゆだ》ねた……。


しかし、昼寝から覚めて、太陽が西の空に傾くのを見ても、それどころか旅館の夕飯を出す時間としてはいちばん遅い午後七時半になっても、江南からはなんの連絡もなかった。

何度か江南の携帯電話にかけてみたのだが、応答はない。メールにも、返事は来ていなかった。

(まだ、手術終わってねえのかな)

過去には、十時間を超す手術を経験した話を江南から聞いたことがある。部下思いの小田が、自分から休めと命じた江南をわざわざ呼び戻すほどの手術なら、きっと複雑で難しいものなのだろう。まだ手術が続いている可能性が高いと篤臣は考えた。

とはいえ、食事はいつまでも待ってくれはしない。客室係が困り顔をするので、とりあえず一人前は出してもらって、江南の分は冷めてもいいからあとで……と頼んでみたのだが、板場がもう火を落としてしまうし、生ものが多いので、季節柄、いつ食べられるかわからない状態では残しておけないと言われてしまった。

仕方なく、江南には夜食用のおにぎりセットを作ってもらうことにして、篤臣はひとり、部屋で夕食を摂ることになった。

どうやらかなり料理自慢の宿らしく、しかも経営母体が長らく魚屋を営んでいるということで、食卓には豊かな海の幸が並んだ。

刺身は見るからに新鮮だし、金目鯛《きんめだい》の煮つけもツヤツヤして脂がよく乗っていそうだ。ほかにも夏野菜の炊き合わせや白身魚の小鍋《こなべ》仕立て、酢の物や椀物《わんもの》もあり、容易な覚悟ではメのご飯までたどり着けそうにないボリュームである。

テレビをお供に箸《はし》を取ったものの、篤臣の食はいっこうに進まなかった。

確かに美味しいのだが、やはりひとりで食べても味気ない。昼食を抜いたので空腹なはずなのに、みぞおちのあたりに重い物が引っかかったような状態で、食欲が湧《わ》かないのだ。

それでも、普段自分で料理をする篤臣だけに、作り手の手間も工夫も配慮も嫌というほど知っている。残すのは申し訳なくて一生懸命食べるが、なかなか減らない。

「変だよな。いつもなら平気なはずなのに」

自分で作るよりうんと美味しい煮物をやる気なくつつきながら、篤臣は独りごちた。

そもそも一週間のうち、せいぜい半分ほどしか家に戻ってこられない江南である。普段は、江南がいない夜は適当にあり合わせで夕食を作り、ひとりでテレビを観《み》ながら食べることに篤臣は慣れっこのはずだ。

だが今夜は……今夜に限っては、人様に作ってもらい、上げ膳《ぜん》据え膳で最高に美味しく食べられるはずの食事が、なかなか喉を通らない。

「これって俺も……」

篤臣はチラと携帯電話を見遣《みや》り、小さく呟いた。

「俺も、江南に負けず劣らず、今回の旅行を楽しみにして……大事な節目に思ってたってことなのかな」

だとすれば、この大きすぎる落胆っぷりにも納得がいく。

七割がた片づけたあたりで限界が来て、篤臣はとうとう箸を置いた。これ以上無理して食べて具合を悪くしては、それこそ本末転倒だ。

「お口に合わなかったですか？」

食器を下げにきた客室係が心配そうに問いかけてきたので、篤臣は、「とても美味しかったけれど、昼寝が長すぎて、腹があまり減っていなかった」と答えた。配膳準備に来て、寝ている篤臣を起こした客室係だっただけに、その返答は納得いくものだったのだろう。

「じゃあ、明日はしっかりお腹を空かせて、お連れ様と一緒にたくさん召し上がってくださいね」と言い残し、二人分の布団を延べて退出した。

障子側の布団に三角座りして、しばらくぼんやりと携帯電話を眺めていた篤臣は、やがてゆっくりと立ち上がった。

「こうしててもしかたねえ。先に風呂に入っとくか」

部屋を空けているときに江南が来たら、きっと部屋に入るなりガッカリするだろう。それはやはり可哀相《かわいそう》だし、自分も嫌だ……などという我ながらゲンナリするほど健気《けなげ》な理由で、篤臣は大浴場を諦めた。自宅の風呂と変わらない小さな内風呂で身体を洗い、タオル一枚腰に巻いただけの姿で部屋を横切って、専用の露天風呂へ向かう。

「わっ」

ベランダに出た途端、予想以上に冷たい空気に小さな声が出た。

行灯《あんどん》風の控えめな照明を反射して、水面がキラキラと光るのが美しい。

篤臣は、ゆったりした浴槽に、そっと足を踏み入れた。中央近くで肩まで湯につかると、ほうっと自然に息が漏れた。

「外に出るなり、身体が冷えたな」

無色透明で臭いもない、さらりとした湯だ。それでも、しばらくつかっていると、肌に軽い滑りを感じる。どうやらアルカリ性の湯であるらしい。

皮膚の角質層がアルカリで融解して云々……と思わず医学的に分析してしまう自分に、篤臣は苦笑して首を振った。

少し温度が熱めなのは、夏場のかけ流しなのでやむを得ないのだろう。

しかし、夜になって気温が驚くほど下がっているので、湯から上がると全身がすぐに冷える。つかったり、縁に座ったりしてのぼせないように工夫すれば、それなりに長く楽しめそうだ。

小窓を開けると、さらに心地よい夜風が吹き込んでくる。さっきは肌寒いと思ったが、温泉で火照った身体にはとても快適だった。

「ふう……気持ちいい」

広い浴槽でのんびり手足を伸ばしていると、ひとりの寂しさが紛れ、ずっと感じていた身の置き所がないような気分も忘れることができる。

それと同時に、ここここそが、江南が「仕切り直し」をしたい場所なのだという事実も、ぐっと胸に迫ってきた。

今の江南と篤臣、二人の生活が本当の意味で始まった場所でありながら、一度は二人の関係を極限まで歪《ゆが》めた場所、そして二人して忘れた「ふり」をしていた場所……土地こそ違えど、篤臣は今、その場所……露天風呂にいる。

「ホントは今、ここに江南と入ってたはずなんだよな」

そう考えただけで、熱い湯の中にいるのに、全身に鳥肌が立ち、顔から血の気が引いた。

「………っ」

それが恐怖だと気づき、篤臣は戦慄《せんりつ》する。

（やっぱ、まだ……駄目なのか……？）

理性は、過ぎたことをいつまで引きずっていても仕方がない、あの強姦事件には自分にも責任があることを認め、江南を許したのだから、平然と振る舞うべきだと主張するのだが、身体のほうは、それを素直に受け入れようとしないのだ。

あの夜、それまで見たことのない激昂《げっこう》した表情……まるで獲物を生きたまま喰《く》らう猛獣のような凄《すさ》まじい顔で自分を組み敷いた江南。

首筋に血が滲むほど噛《か》みつかれたことや、荒々しく全身をまさぐられたこと、身体が二つに裂けるかと思うほどの激しさで貫かれ、声にならない悲鳴を上げたこと……。

驚き、屈辱、怒り、苦痛、諦め、悲しみ……そして、自己嫌悪。

身体に刻みつけられた深い傷跡が湯の中で開き、そこからさまざまな感情が漏れ出してくる。

まるで映画のように、記憶の断片が次々とフラッシュバックして、篤臣は激しく首を振った。反射的に立ち上がった自分に気づき、深い溜め息をつく。

　ざらりとした御影石の縁にゆっくりと腰を下ろし、篤臣はもう一度、今度は自分の気持ちを落ち着かせるために息を吐いた。

（今……初めて、江南が一緒じゃなくてよかったと思った）

　いきなりこんな反応を見せてしまえば、江南をまた深く傷つけてしまう。

　篤臣も、自分自身の反応に驚き、動揺していた。

「なんで……こんな……？」

　慌ただしく過ぎる日々の中で、あの夜のことを思い出すことなど滅多になく、あれはもう過去の出来事の一つと割り切れたものと思い込んでいた。

　けれど、脳の記憶領域からいざ引っ張り出してみれば、それはまだ色あせてはおらず、鋭い刃《やいば》のように篤臣の心を切り裂こうとする。

「なんだよ。江南だけじゃなくて、俺のほうも全然終わってねえ。何も、片づいてないじゃないかよ」

　意外と執念深かった自身に苛立《いらだ》ち、篤臣は深く嘆息した。

　ようやく、江南があの事件にあらためて片をつけようと言い出した気持ちがわかった気がする。江南だけでなく、自分の中にもこれだけのトラウマがまだ生きていたこと……それを自覚しただけで、不思議な話だが、篤臣は江南との絆がまた深まったような気がした。

「ホント、今、ひとりでよかった。俺も、江南と同じように……いや、江南以上にビビってんだって自覚しただけでも、明日はきっと違うよな」

努めて前向きな言葉を、篤臣は自分に言い聞かせるように声に出して言ってみた。

おそらく、今夜こうして……言い方は妙だが「予行演習」をしておけば、明日はもう少しだけマシな状態でいられるだろう。少なくとも、自分がまだ頑固に怯《おび》えているということに気づけただけでも、心の準備というか、覚悟のようなものが胸の内にできてくるような気がする。

(江南だけじゃない。俺にとっても……これは仕切り直すべき過去なんだ。隠すことも忘れたふりをすることもやめて、もう一度、きちんと向き合うべきことなんだ……)

そう自分に言い聞かせ、篤臣は、穏やかな瞳に静かな決意を秘め、晴れ渡った夜空を仰いだ。


一方、その頃……。

江南はようやく手術室から解放され、ロッカールームへ引き上げていた。

長時間立ちっぱなしだったせいで、慣れているとはいえ膝から下が重く、足の裏がジンジン痺れたように痛む。

「やあ、お疲れ、江南先生」

家族に手術の概要を説明するため先に上がっていた小田が、そう言ってベンチから立ち上がった。どうやら、江南を労《ねぎら》うためにわざわざ居残っていたらしい。

「先生こそ、お疲れさんです」

江南は、偉ぶらないにも程がある上司に内心呆れつつ、うっそり頭を下げ、汗に湿った手術着を脱ぎ捨てて専用バスケットに放り込む。それを見ながら、小田は今朝と同じくらい済まなそうな声で言った。

「本当に悪かったね。まさかここまで苦戦するとは思わなかったんだ。もっと早く、永福先生に君を返すつもりだったのに」

江南はかぶりを振り、そんな上司を尊敬の眼差《まなざ》しで見た。

「開けてみたら、予想外に広がってましたからね。しゃーないですわ。ちゅうか、小田先生やからあんだけあちこちに食い込んだ腫瘍《しゆよう》でも切除しきれたんやないですか。すごかったですよ。俺なんかには全然見えてへんとこも、絶対に見逃しはらへんですし」

素直な部下の賛辞に、小田は照れくさそうに貧相な肩を竦める。体力勝負の現場ゆえ、どちらかといえば体格のいい人間揃いの外科において、小田は驚くほど小柄で痩《や》せっぽちだ。

「うーん……。まあ、必死でほじくり返したけど、ホントに取りきれたかどうかは、しばらく様子を見ないとわからないからね。……これぱかりは神に祈るしかないよ」

あくまで謙虚にそう言って、小田は江南の剝《む》き出しの肩をポンと叩いた。

「それはともかく、ここから先は僕の仕事だよ。彼の主治医は僕だからね。江南先生は、すぐに永福先生に合流してあげてよ。……とと、そうはいっても、けっこうな時刻だね。まだ交通手段はあるのかな」

江南は複雑な面持ちで、壁かけ時計を見上げた。

新幹線はまだ走っているし、篤臣のパートナーとしての江南は、すぐにでも湯河原に飛んでいきたいと言っている。その一方で外科医としての彼は、まだ仕事は終わっていないと主張した。

さっき手術が終わったばかりの患者は、状態が急変したのを受けての緊急手術だっただけに、術中、何度も生命の危機に陥った。麻酔医と小田の技術でどうにか手術自体は成功したとはいえ、決して楽観視できる状況ではない。いきなりモードを切り替えて楽しく旅立てるほど、江南は器用な質《たち》ではないのだ。

だから彼は、心の中で篤臣に謝りつつ、小田に言った。

「もうこの際、遅うなっても平気なように、車で行きますわ。せやし、時間のことは心配せんとってください。先生のお言葉はありがたいんですけど、やっぱし経過をそれなりにたしかめんと出て行くんは、どうにも落ち着かんのです」

「……それはまあ、わからないでもないけど……でも、いいのかい？　宿でひとり待ってるんだろう、彼は。せっかくの旅行なのに、君がいないんじゃ可哀相じゃないか」

「それは……」

「患者さんは大丈夫だよ。それとも、上司の言葉が信用できないかい？」

「うっ」

「ホントにさ。僕の自信を打ち砕きたくないんなら、とっとと行くべきだよ、君は」

小田は冗談めかして胸を張り、江南をなんとか篤臣のもとへやろうとする。

そんな恩師の配慮に、さすがの江南も少し躊躇《ちゅうちょ》する。しかしそこは頑固な彼のこと、篤臣を気にしつつも、きっぱり言い返した。

「いや……やっぱし、今行っても、いろいろ気になってしゃーないと思いますし。篤臣は、誰よりもそういう俺の性格を知ってます。ホンマにオペ室から湯河原に直行してくるとは期待してへんと思います。……それに、ここまで待たしてしもたら、毒を食らわば皿とちゃぶ台までっちゅうやつですわ」

「……なるほど。わかったよ。そのあたりは夫婦のことだ、僕が口を出す問題じゃないね。だったら、一緒にもうひと踏ん張りしてもらおうか。じゃあ、僕は先に病棟に戻っておくよ。ご家族も、もっと詳しい話を聞きたい感じだったしね。君はゆっくり来なさい」

ようやく納得したらしい小田は、瘦せた頰を片手でさすりながらロッカールームを出て行く。

「ホンマ……融通の利かん男ですまん、篤臣」

ひとりになった江南は、どっかとベンチに腰かけ、強張って痛む足首の関節をぐるぐる回しながら、天井を見上げた。そして、篤臣への詫びの言葉とともに、拝むように両手を合わせたのだった。

着替えて手術フロアを出た江南は、病棟に戻る前に、いったん一階に降り、夜間非常口から外に出た。そして、ずっと沈黙させていた携帯電話の電源を入れる。

案の定、篤臣からは数通のメールと、何本かの電話の着信があった。一件だけ留守番電話が入っていたので、江南は携帯電話を耳に当てる。

『江南、手術、まだかかりそうか？　大変だろうけど、ここで一発、小田先生の期待に応えて頑張れよな』

「おう。頑張ったで」

聞こえてくる篤臣の声に、ずっと厳しかった江南の顔が和らいだ。留守電だとわかっていても、つい返事をしてしまう。

留守番電話にメッセージを入れるのが苦手な篤臣は、どこかぎこちない、遠慮がちな口調で言葉を継いだ。

『俺ばっかり贅沢させてもらって悪いんだけど、旅館の人に迷惑がかかるから、先に晩飯食った。お前の分、残してほしかったのに、そうもいかないらしい。夏だもんな。せめて、おにぎりと唐揚げセットってので作ってもらったから。……あと……ごめん、ホントは何時までだって待ってるつもりだったんだけど、ちょっと調子に乗って温泉に入りすぎて、軽く湯あたりしたっぽい』

「……おいおい」

思わず留守番電話にツッコミを入れてしまい、江南は自分自身にも篤臣にも苦笑いする。

『悪いけど、ちょっと横になるよ。鍵《かぎ》は一応、フロントに預けとく。それと……どうせ車で来るんだろうと思うけど、疲れてるんだから、運転、気をつけろ。眠くなったらサービスエリアで休憩しろよ。あと、お前は意外と鈍くさいんだから、絶対慌てないよう……』

ピーッ。

無情な機械音が録音時間の終了を告げ、篤臣の声は、運転時の注意事項の途中で途切れた。そのメッセージが吹き込まれたのは、今からたった十五分ほど前だ。

メッセージを誤って消さないように保護し、江南はまるで篤臣がそこにいるように、携帯電話に向かって笑いかけた。

「ホンマにお前は、俺のやることをなんでもお見通しやな。俺のほうは、まさかお前が湯あたりしとるなんて想像もせえへんかったけど。ま、ええわ。ゆっくり寝とけ。俺も安心して、もうひと踏ん張りできそうや」

江南は疲れた足に力を入れて立ち上がり、深呼吸で自分に気合いを入れると、外したままだったケーシーの首元のボタンを留めながら、病棟へと足を向けた。

そんなわけで、江南が湯河原温泉の宿に到着したのは、結局、「今日じゅうに合流する」という約束を大いに破って午前二時前だった。

当然ながらフロントはすでに無人だったが、呼び鈴を押すと、ひどく眠そうな老齢の従業員が出てきて、篤臣が預けた鍵を出してくれた。

部屋まで案内すると言う彼があまりに眠そうなのが気の毒で、江南は部屋の場所だけ聞いて、ひとりで客室へ向かった。

「廊下のね、もう終わるところまでずーっと」

そんな従業員の説明のとおり、確かにひたすら板張りの廊下を足音を忍ばせて歩いていると、ほかの客室からはかなり距離を置いた突き当たりに、篤臣が待っているはずの部屋があった。「露草《つゆくさ》」という部屋の名が、何事にも控えめな篤臣にいかにもふさわしく、江南は満足げに頷く。

「よっしゃ、ここやな」

おそらく篤臣は寝ているだろうと踏んで、江南は鍵すらゆっくりと音を立てないように回し、そろそろと扉を開けた。他人が見ればこそ泥だと思うに違いない怪しげな動作だが、本人は大真面目である。

「！」

扉を開けたところはひとまず板の間になっており、そこから襖《ふすま》を隔てて本当の意味での客室というしつらえなのだが、閉じた襖の隙間《すきま》から光が漏れているのを見て、江南は切れ長の目を見張った。

(あいつ……まだ起きとんかな。それとも、湯あたりがマシになって、起き出して待っとってくれたんやろか)

驚きと期待を込めて、江南はそうっと襖を開ける。

だが室内の光景が目に入るなり、江南はギョッとしてその場で凍りついた。

布団の上にうつ伏せになった浴衣《ゆかた》姿の篤臣が、右手を畳にダランと垂らした奇妙なポーズで倒れていたのだ。

「!」

一瞬、篤臣に駆け寄ろうとした江南は、篤臣の背中が緩やかに上下していることを見てとり、ホッと胸を撫で下ろした。

どうやら、湯あたりで横になっているうち、きちんと布団に入らないまま眠り込んでしまったらしい。見れば、枕に片頬を押しつけて眠るその顔は、やけに安らかだ。

「なんや、寝落ちか。紛らわしい格好で寝よってから。ぶっ倒れとるんかと思うたやないか。風邪《かぜ》ひいたらどないすんねん」

呆れて独り言を呟きつつ、江南は足音を忍ばせて篤臣に歩み寄り、……そして、怪訝《けげん》そう

!
江向

に真っすぐな眉をひそめた。畳の上にぱたりと落ちた篤臣の右手には、ボールペンが握られていたのである。

「何しとってん……って、これか」

江南の顔に、なんとも言えない奇妙な表情が浮かぶ。

篤臣の右手の下には、電話の傍にあったと思われるメモ帳が敷かれていた。そしてそこには何やら書きつけられている。

おそらく、江南に短い手紙でも残そうとしたのだろう。しかし、本人が思ったより睡魔の訪れが早く、紙面には、「江南へ」の「江南」までしか書かれていない。

しかも、「南」の最後の縦線を書いている最中に寝入ってしまったらしく、線はヨレヨレと斜めに用紙を横切り、紙の端あたりで途絶えている。

「なんやこれ」

篤臣を起こさないようにそっと彼の手の下からメモ帳を抜き出した江南は、思わずプッと吹き出した。

事情を知らない人間が見たら、きっとこれをダイイングメッセージだと思うだろうな……と思うと、可笑しくてたまらなくなったのだ。

「どう見ても、犯人は江南、って書こうとしとるみたいやないか。ったく、お前は真剣におもろいことやるから、油断も隙もあれへんわ」

そう言いつつも、江南はメモ帳を床の間にヒョイと置き、押し入れから毛布を取り出した。篤臣の身体を細心の注意を払って仰向けにし、薄手の毛布を優しくかけてやる。

本当はボールペンも取り上げたかったが、やけにしっかり握ったままなので諦める。ただし畳に宇宙語を書きつけたりしないように、芯だけは引っ込めておいた。

「……まあ、これで朝までグッスリやろ」

そう判断した江南は、部屋の照明を枕元のスタンドだけにして、卓上に置かれていた盆を手に、篤臣の枕元に胡座《あぐら》を掻いた。

盆の上には、夕食代わりに篤臣が手配しておいてくれた夜食が載っている。三角のおにぎりが二つと、唐揚げが二つ、それに漬け物という簡素なメニューだが、昼から何も食べていなかった江南には、この上なく旨い。

たちまち夜食を平らげた江南は、これまた篤臣が煎れておいてくれた湯飲みの緑茶を飲み干し、ようやく人心地ついて溜め息をついた。

「ふー、どうにか業務終了っちゅう感じやな」

安らかに眠る篤臣を見ていると、昼過ぎに病院に向かって以来、ずっと張りつめていた神経が、ゆっくりとほどけていくのがわかる。

患者の容態がそこそこ安定し、再度、小田に湯河原行きを強く勧められても、深夜の高速道路に愛車を走らせていても、どこかでまだ仕事のことが頭に残っているのを江南は自覚していた。

　オンとオフの切り替えがとりわけ下手だというわけではないのだが、こうも長くて困難な手術のあとは、やはり極限まで高まった緊張が容易に解けてはくれない。ここに着いても、まだどこか戦闘モードの自分が残っていて、いささか閉口していたのだ。

　それが、篤臣の顔を見た途端、驚くほど安らいだ気持ちになれてしまった自分に、江南はあらためて驚かされる思いだった。

「せやな。お前がおるところが、世界じゅうどこであっても、俺の『家』やねんな。……いや、お前自身がそうなんかもしれへん」

　白い額にかかった前髪を指先でかき上げてやると、篤臣は眠ったまま、薄く口を開く。唇の微《かす》かな動きで、篤臣が夢うつつに自分の名を呼ぼうとしたことに気づき、江南はほろりと笑った。

「おう。遅うなったけど、今着いたで。……ホンマにええ加減な旦那ですまん。結局、日を跨《また》いでしもた。悪かった！」

　胡座を掻いたまま、江南は眠る篤臣に深々と頭を下げる。あくまで小声なので、篤臣の目を覚ますほどの声ではないのだが、江南は頭を上げ、ポリポリと頭を掻いた。

「……と、明日の朝もっぺんちゃんと謝る予定やけど、お前、べつにかまわんて聞き流しそうやからな。寝とるうちに、きっちり詫びさしてくれ」

「……ん……」

まるで返事でもするように、篤臣は小さく唸って、片手の甲で頬を擦《こす》る。その仕草が猫か小さな子供のようで、見守る江南の頬にはようやく温かな笑みが浮かんだ。

「半日、寂しい思いをさしてもうてすまんかった。幸いあともう一泊分ある。埋め合わせはお前がゲンナリするくらいこってりさしてもらうからな。起きたら覚悟しとけや、篤臣」

そんないささか不穏な反省の弁を述べ、江南は少し離して敷いてあった自分の布団を、篤臣のそれにぴったりと寄せた。そして、篤臣の傍らにごろりと横たわる。

「ふあ……わわわ……俺も眠うなってきた。今日はさすがに疲れたわ」

二人とも基本的に寝つきがいいし、仕事で疲れているので、こんなふうに相手の寝顔をつくづくと見る機会はあまりない。

熟睡する篤臣の顔がやけにあどけないのに気づき、江南は懐かしそうに目を細めた。思わず手を伸ばし、滑らかな篤臣の頬に指先でそっと触れてみる。

「なんや、お前、寝とるときはえらい可愛いな。出会《でお》うた頃みたいな顔しとる。お前の中に、あの頃のお前がまだちょっとくらいは残っとるんかな」

学生時代は、奔放に振る舞う江南の後ろから怖々ついてくる、まるで子犬のような存在だった篤臣。

江南はずっと、篤臣の保護者的存在だった……はずだ。

だが、いつの間にか、篤臣は精神的に江南よりずっと大人に、ずっと強く成長していた。

今でも、大事なことは江南を頼ってくれるが、それとて、彼が上手に自分を立ててくれているのではないか……と思ってしまうほどだ。

「今は俺がお前に頼りっきりやもんな。アカンな、もっともっと、お前のこと大事にせな、バチが当たる」

飽きることなく篤臣の寝顔を見つめながら、江南は静かな部屋の中、ひとり淡々とこれまでのことを思い出していた……。

*　　　*

「……ん……？」

明け方、ふと目を覚ました篤臣は、自分がいつの間にか寝入ってしまったことに気づき、ハッと身を起こそうとした。

だが、胸の上に何かが乗っているのに気づき、動きを止める。

「なんだ？　……って、うわっ」

頭を持ち上げ、それが腕であることにまずギョッとした篤臣だが、首を巡らせ、その腕の持ち主が、傍らに眠る江南のものであることを知ると、安堵と驚きが綯い交ぜになった複雑な顰めっ面になった。

胸元に置かれたたくましい腕を容赦なく脇にどけると、篤臣は、昨日の昼に別れたときと同じ服装のままぐうぐう寝ている江南の肩を乱暴に揺さぶった。

「おい、起きろよ！」

「えう……？」

不気味に可愛い奇声を上げるだけで、江南は目を開けようとしない。篤臣は焦れて、肩を揺する手にさらに力を込めた。

「おい、江南ってば。起きろ。お前、何そんな格好で寝てんだよ。いったいいつここに……わあっ」

背中に手が当たったと思った瞬間、ぐいと引き寄せられる。そのまま仰向けになった江南の胸に抱き込まれ、篤臣は驚きの声を上げた。

旅館の一室で嗅《か》ぐには不似合いな消毒薬の臭い。

常に自分より少し高い体温。

ポロシャツ越しでも十分にわかる、ピンとした筋肉の張り。

そして、薄目を開けて眠そうに笑っている、野性的でありながら整った顔……。

「おはようさん」

無精ひげがうっすら浮いて、いつもよりさらにワイルドな顔でニヤリと笑うと、江南は掠れ気味の声で朝の挨拶をした。その目がまだ軽く充血しているのを見れば、到着が遅かったことも、まだ彼が疲れていることも容易に知れる。

それでも篤臣は、あえてムスッとした顔で、「遅い！」と江南を詰《なじ》った。どうせ、勝手に甘くなってしまう声で、少しも怒っていないことは知られてしまうに決まっている……という開き直りだ。

案の定、江南はまったく悪びれない表情で、「せやねん。ホンマに遅かってん」と言った。

「ちゅうかお前、早起きやな～。今、何時や」

篤臣は、枕元の腕時計に目をやり、無愛想に答える。

「六時三分。……昨夜《ゆうべ》、いったい何時に来たって？」

「二時過ぎやったと思う。部屋に入ってみたら、お前が布団の上で器用に行き倒れとってビビッたで」

「行き倒れって……あ」

江南に指さされ、布団の上に落ちたボールペンを見て、篤臣は淡く頬を赤らめた。

「こ、これは……その」

「なんのダイイングメッセージかと思ったやないか」

「違う！　一応、お前に一言くらいメモを書いとこうと思ったんだよ！　だけど、湯あたりして滅茶苦茶だるくてさ。で、ついうっかり……っていうか！　そのまま寝入っちゃった俺も迂闊だけど、お前まで何を仮眠みたいな格好で寝てんだよ」

　篤臣は、自分の身体にまだ絡みついている毛布を片手で剥ぎ取ると、江南の鼻先に突きつけた。

「俺に毛布かけて、お前がそのままじゃ意味ないだろ。ったく、外科医は身体が資本なのに、風邪でもひいたらどうすんだよ。……ってか」

　ようやく小言を切り上げた篤臣は、心配そうにすぐ近くにある江南の目を覗き込んだ。

「オペ、上手くいったのか？　すげえ長くかかったみたいだけど」

　江南は頷き、篤臣のがっちり寝癖のついた髪を片手でかき回した。

「いったい。途中で何度もやばかったけど、どうにかな。……あとは、腫瘍さえ綺麗に取りきれたら、経過は悪くないと思うで」

「そっか……。よかった。小田先生は？」

「たぶん患者につきっきりやろ。あとのことは任せろ言うてくれはった」

「でも、よかったのか？　お前、患者さんのことが気になるだろうに。俺はべつによ……」

「ようない。なんもようないぞ」

　俺はべつによかったのに、と言いかけた篤臣を触れるだけのキスで黙らせ、江南は真面目な顔で言った。

「お前はいつもそうやって俺の我が儘を許してくれるけど、それに甘えてばっかりやったらアカンやろ」

「だって、人の命がかかってんだから、仕方ないよ。我が儘じゃ……」

「それでも、お前に半日寂しい思いをさせたんは事実や。仕事いうても、俺は小田先生の実地指導を半日受けさしてもろたみたいなもんやしな。俺が好き放題やらしてもらうために、お前の時間を無駄にさせてしもたんや」

「無駄って……。俺は俺で、のんびりさせてもらってたよ。無駄じゃない、全然」

本当は寂しかったし、やるせない思いもした……とは言わず、篤臣はあくまで平気なふりをする。だが、江南はそんな篤臣の強がりを窘《たしな》めるように、肉づきの薄い背中をゆったりと撫でながらかぶりを振った。

「ありがとうな。そう言うてくれるお前やからこそ、これまでやってこれたんやと思う。お前のことは、いつでも……どんなに仕事が立て込んでるときでも、何よりも大事や。忘れたことはあれへん」

「んなことは、いちいち言わなくてもわかって……」

「せやけど、いくら気持ちはハッキリしとっても、お前がそれをわかってくれとっても、形で、行動で示されへんかったら意味がないねん」

「それはそうだけど。でもさ、俺はお前のそういう仕事熱心なとこがすごく……その、いいと思ってる。だから、気にしなくてもいいんだってば」

「気になる。ほかならぬお前のことやからな。けど……お前の言うとおりや。これからも、こういうことは何度もあるやろ。俺の仕事のせいで、予定がドタキャンになったり、変更せざるを得んようになってしもたり」

「わかってる。だから……」

篤臣に皆まで言わせず、江南はやはり真摯な声で言った。

「せやからそのたび、せめて埋め合わせをさしてくれ。あと一泊しかあれへんけど、昨日のことが帳消しになるくらいいろいろやろうや。な?」

「……ん……」

いくら割り切ったふうを装ってみても、こうして骨張った大きな手に触れられ、ガッシリした江南の身体に身を預け、低い声を聞くと、昨日一日、自分がどれだけ江南の不在に失望していたか、彼のことを恋しく思っていたかを思い知らされる。

素直に頷いた篤臣は、それでも江南を気遣った。

「それはいいけど、お前、三時間くらいしか寝られてないんだろ? いろいろする前に、もうちょっと寝ろよ」

「何言うとんねん。外科医の体力を舐《な》めとったらあかんぞ、篤臣。三時間も横になれたらフルチャージや」

「マジかよ」

「マジや。まあ、お前は朝飯まで寝とれや。俺はとりあえず風呂やな。こないに病院の臭いプンプンさせとったら、夏休みっちゅう気がせえへん」

そう言うと、江南はずっと抱いたままだった篤臣をようやく解放し、立ち上がって大きく伸びをした。

「ベランダに露天風呂があんねやろ?」

「ああ、うん。あっち」

「よっしゃ。ひとっ風呂浴びて、休日モードになるで〜。朝風呂なんか久しぶりや。ホンマ、贅沢やな〜」

そう言うなり、江南は露天風呂のほうへノシノシ歩いて行こうとする。

半ば呆気《あっけ》にとられてそれを見送ろうとした篤臣は、ハッと我に返っていつもの彼らしく怒鳴った。

「待て! お前、そんなドロドロのままで露天風呂に入るな! 湯が汚れるだろう。まずは内風呂で全身洗ってからだッ!」

三章　手のひらを合わせたら

江南が何にでも全力投球なのは知っていた。

だが、いくらなんでもこれは張りきりすぎだ。

篤臣は、口をついて出かかった罵倒《ばとう》の言葉を、言っても無駄と呑み下した。

バシャバシャバシャバシャバシャ……。

後方から聞こえる派手な水音に傍らを見れば、「相棒」はご機嫌でスワンボートのペダルを漕《こ》いでいる。

その、昨日の疲れなど微塵《みじん》も感じさせない元気いっぱいの横顔に、篤臣はパートナーとの体力差を思い知らされ、深い溜め息をついた。

「あ？　どないしたんや？」

不思議そうにこちらを見る江南の表情は、晩夏の青空も手伝い、やけに晴れ晴れとして屈託がない。

その笑顔を見ていると、昨日、手術の結果を案じつつ、ひとり無為に宿で時を過ごしていた自分が馬鹿馬鹿しくなってくる。篤臣は「べつに」と無愛想に言い返し、キラキラと陽光を反射する水面に視線を転じた。

今朝、寝起きこそ疲労の滲んだ顔をしていた江南だが、ひとっ風呂浴びて部屋に戻ってきたときには、早くも休日モードに切り替わり、元気いっぱいになっていた。

たくさんの小鉢が並ぶ典型的な和風旅館の朝食を綺麗に平らげた江南は、食後の一休みもそこそこに、まだ少し眠そうな篤臣を旅館から連れ出した。

本当は湯河原近辺でゆっくり遊ぶつもりだったが、せっかく自動車で来たのだからと、ハンドルを握った江南が向かったのは……二人にとっては因縁の地、箱根だった。

かつて、国際学会で箱根を訪れたときは、二人とも主催者側の一員だったため、参加者たちの世話に追われ、観光を楽しむ暇などなかった。

ようやく学会が終了して、明日から短い夏休みを取って遊んで帰ろうか……というその夜にあの大事件が起こってしまったので、江南も篤臣も、箱根の名所と言われるところには結局、一箇所も行かずじまいだったのだ。

「でもお前、わざわざ箱根って……遠いのに」

篤臣は、昨日一日働きづめだった江南を心配したが、当の江南はあっけらかんと言い放った。

「かめへん。一時間ちょいで行ける距離やし。どうせやったら、足伸ばそうや」

「まあ、お前がいいなら」

妙に強い調子で言い張る江南に、篤臣はいつもほど強くは抗議せず、おとなしく引き下がった。江南がこの旅行に抱いている強い意志というかこだわりのようなものを感じたからだ。

江南も、篤臣のそんな配慮に気づいたのか、信号待ちのときにハンドルから手を離し、篤臣のやわらかな髪をクシャリとかき回した。

「俺は大丈夫や。昨日一日、お前をほったらかしやったからな。埋め合わせをがっつりさせてもらわんと、俺の気が済まん。……ええやろ?」

「……いいよ。無理さえしなきゃな。じゃ、久々に俺がナビってやるとするか」

明るい口調で言い、篤臣はダッシュボードの上に置かれていたガイドブックを手にした。

江南が学生時代から乗り続けている愛車には、いまだにカーナビがついていない。遠出するときにはいつも、篤臣が地図を見て、運転席の江南に指示を出すことになる。

「ホンマに久しぶりやな、お前のナビ。またとっ散らかって、右と左を完璧に取り違えたりすんなや」

「……古い話を蒸し返すな！　あれは、俺がまだアメリカの地理に慣れてなかった、シアトル二日目の話だろッ。ハンドルが左右逆だし、走行車線も逆だし、そんなの初めてだったんだから、混乱すんのは当たり前だろうが」

「ははは。そない怒るなや。あんときのお前の、珍しいほど焦った顔が印象的でな。忘れられへんのや。……とと、途中、どっかでガソリン入れていかなアカンな。車で来るつもりやなかったから、あんまし入ってへんわ」

「まあ、ガソリンスタンドなら、途中どっかにあるだろう。とりあえず箱根へのルートを確認して……と」

まだふくれっ面で、篤臣はガイドブックを繰り、地図のページを開いた。

アメリカから帰国して以来、互いに仕事が多忙で、学生時代のように気軽なドライブをする機会はほとんどなかった。おかげで、助手席で地図を見ているだけで、昔に戻ったような錯覚に陥る篤臣である。

「とりあえず、当分道沿いで行けそうだ。ガソリンスタンドは俺が気をつけとくから、お前はしっかり前見て運転しろよ」

「へいへい。なんやお前、言うことが学生時代と変わらんぞ」

どうやら同じことを感じていたらしい。どこか嬉しげにそんなことを言う江南の横顔を、篤臣はガイドブックから顔を上げ、ジロリと睨《にら》んだ。

「それは、学生時代と少しも変わらず、お前が時々注意散漫になるからだ！　興味を引かれるものがあると、運転中でも平気でよそ見しようとするだろ」

「大丈夫や。俺もええオトナやからな。そこは気ぃつける。この車、壊したらもう部品があれへんのや。それに、他人様《ひとさま》はもちろんやけど、大事なお前を事故に遭わすわけにはいかへんからな」

「……車と横並べかよ」

地図に視線を戻し、ふて腐れたようにボソリと呟く篤臣に、江南は心底嬉しそうに声を立てて笑った。

「アホ。いきなり、しょーもない上に俺には嬉しすぎるヤキモチ焼くなや」

「しょーもないって……嬉しすぎるって……」

「せやかて、しょーもないやろ。お前より大事なもんなんか、俺にはあれへん。けど、お前がそうやって珍しく嫉妬《しっと》してくれるんは、滅茶苦茶嬉しいしな」

「……そうかよ。勝手に喜んでろ」

我ながら、朝っぱらから古びた自動車と張り合った自分が恥ずかしかったのだろう。篤臣は唇を尖らせ、目元を淡く染めたまま、意味もなく地図を睨みつけた……。


まず二人が訪れたのは、大涌谷《おおわくだに》だった。

箱根を訪れる観光客なら十中八九立ち寄る、箱根火山の大規模な噴煙地である。

硫黄《いおう》の臭いに辟易《へきえき》しつつ、二人は自然研究路をほかの観光客に交じって歩き、剥き出しの岩肌に硫黄が付着し、あちこちからもうもうと噴煙が立ち上る、独特の景色を満喫した。

「四十万年前から続く火山活動の名残《なごり》……て、さっき看板に書いてあったな。ごっつい昔の話や。四十万年前て、人間おったんやろか」

駐車場から大涌谷へ向かう階段をゆっくりと上りながら、江南は首を捻る。

「確か、北京《ペキン》原人がその頃だったんじゃなかったっけ」

「へえ。ごっついな。ほな、そんな昔から、俺ら日本人はここに来て、この景色を見続けてきたんやなあ」

急に哲学的なことを口走る江南に、篤臣は胡乱《うろん》げな顔をした。

「なんだよ、唐突に。お前がそんな感慨を口にするなんて、ちょっと不気味だぞ」

「不気味とまで言うか。……いや、ホンマはな。俺、あんとき……」

江南はふと口ごもったが、思い切ったように、篤臣を見てニッと笑った。

「いや、今回はけじめの旅行やもんな。前に箱根に来たときのこと、触れずにおるんはおかしいな」

「う……うん?」

「俺な、篤臣。あの箱根での国際学会が終わったら、お前を遊びに連れ出してやるつもりやった。この大涌谷にも、一緒に来ようと思っとったんや」

「…………」

過去のことをいきなり語り出した江南に、篤臣はいくぶん驚き、相槌《あいづち》を打つのも忘れて瞬《まばた》きする。江南は、軽快な足取りで階段を上り続けながら続けた。

「せやけど、あんなことしでかしてもうて、結局、来られずじまいやったやろ。今、こうして大涌谷の風景を見とったら、ここに来るんがずいぶん遅うなってしもたなーっちゅう気分と同時に、四十万年のスパンで考えたら、どうってことあれへんなって思いもこみ上げてきてな」

「……お前、つくづく楽天的だな。人間の寿命は、長く見積もっても百年だぞ？　いきなり人類の歴史全体を物差しにするなよ」

呆れ顔の篤臣に、江南は胸を張った。

「せやかて、俺らの細胞の一つ一つには、単細胞生物やったご先祖時代からのＤＮＡ配列が、全部入っとんのやろ？　それやったら、人類の歴史くらい物差しにしてもええやないか」

「まあ、そうだけどさ。……とにかく、遅まきながらも今日、こうして二人で来られたんだから、よかったじゃないか」

「せやな。いろいろあった分、ホンマによかったと思える」

深く頷き、江南は自分の右側を指さした。

「ほれ、見てみい篤臣。あれ、富士山《ふじさん》違うか？」

「あ、ホントだ」

江南の指の向こう、はるか遠くに、確かに富士山の雄大な姿が見えた。大涌谷の殺伐とした景色と、頂きに残雪を抱いた涼やかな富士山というコントラストがいかにも不思議だ。たとえれば、天国と地獄が同じ視界におさまっている感じ、だろうか。

ただ、今日は富士山の中腹から山頂にかけて雲がかかっていて、完璧な晴れ姿といえないのが残念だった。

大涌谷自体はかなり広いのだが、観光客が歩けるのはそのごく一部である。とはいえ、綺麗に舗装された通路は歩きやすいし、景色は広く見渡せる。時折、頭上をロープウェーが行き交うのが、いかにも観光地らしい雰囲気を演出していた。

「なんかこの臭気、仕事を思い出して嫌なんだよな。……って、江南！　そんなに調子に乗って臭いを嗅ぐな！」

通路を歩きながら、篤臣は犬のように硫黄の臭いを嗅いでいる江南のポロシャツの首を摑《つか》んで叱《しか》りつけた。

「あ？　ああ、硫化水素か。せやけど、観光客に開放してるくらいやし、たいしたことあれへんやろ」

あくまでも休日モードで呑気《のんき》な江南に対して、篤臣は真剣な顔でツケツケと叱りつけた。

「馬鹿野郎、医者のくせに素人《しろうと》みたいなこと言ってんじゃねえ。こういう場所での硫化水素や亜硫酸ガスは、どこからどんだけ噴き出すか誰にもわからないんだぞ。この臭いの強さからいくと、今日はけっこうたくさん出てるっぽいんだから、あんま吸うな。何かあったときに被害者が医者じゃ、恥ずかしいにも程があるだろうが」

法医学者の篤臣にとって、中毒死は専門分野である。自然と語調が厳しくなるが、江南はむしろ嬉しそうに目を細めた。

「へいへい。ああ、ええもんやなあ、お前の小言」

「な……なんだよそれ。怒られて喜ぶなよ。気持ち悪いぞ、お前」

実感のこもった、いやむしろこもりすぎた江南の言葉に、篤臣は容赦なく不気味そうな顔をする。だが江南は、口笛でも吹きそうな笑顔で言った。

「だってそうやろ。ガミガミ言われるっちゅうことは、その分、お前が俺を大事に思ってるっちゅうことやからな！」

予想の斜め上を行く喜びの弁に、篤臣はあんぐり口を開いてしまう。

「ホント、お前のそのポジティブ加減には頭が下がるよ。ってか、そんなことで確認しなきゃいけないほど、俺は普段その……愛情レスな言動をしてるのかよ」

「そういうわけやないけど、お前は俺と違って恥ずかしがりぃやからな。面と向かって俺に好きやの大事やの言うんは恥ずかしいんやろ？　せやし、俺のほうで言葉の端々から読み取ったってるんやないか」

「……そりゃどうも」

自信満々の相棒にそれ以上返す言葉も見つからず、篤臣は妙な敗北感を味わいながら、ドカドカと先に立って歩き出した。

自然研究路と名づけられた通路の行き止まりには、延命地蔵《えんめいじぞう》、そして玉子茶屋《たまごぢゃや》と呼ばれる売店がある。

店名のとおり、商品はただ一つ、茹で卵……もとい、「黒たまご」である。

黒たまごといっても、材料はなんのことはない、ただの鶏卵だ。

地熱を利用して茹でることにより、温泉成分の硫黄と鉄分が卵の殻に結合して黒くなっただけの代物だが、よほどの名物らしく、ほかの観光客が皆買い求めているのを見て、江南と篤臣も気になって食べてみることにした。

真っ黒の紙袋に、これまた真っ黒の茹で卵が五つ入って五百円。ご丁寧に、食塩の小袋もついてくる。

その場で卵を食べたい人たちのために、売店の前にはコンクリートのテーブルがしつらえてある。椅子はなく、皆、否応《いやおう》なく立ち食いである。

テーブルの中央に、食べ終わったあとの卵の黒い殻が山積みになっているのがなんとも異様だ。

二人も、空き場所を見つけてテーブルの前に立った。

江南はごく当たり前という顔つきで、篤臣の前に二個、自分の前に三個、茹で卵を置いた。

「一つ食うたら、七年寿命が延びるらしいで。せやし、お前が十四年、俺が二十一年延長や。卵食うだけで長生きできるんやったら、楽なもんやな」

硬いテーブルにぶつけて卵の殻を割りながら、篤臣はいささか不満げに眉をひそめた。

「なんだよ、それ。二・五個ずつじゃねえのか？」

「おう。お前が二個、俺が三個や」

やけにきっぱり言い切る江南に軽くムッとして、篤臣は食い下がった。

「べつにいいけど、ちょっとムカツクな、それ。なんでだよ。お前、その……俺がいないと生きていけないとかいつも言うくせに、自分だけ長生きする気かよ」

だが江南は、外科医らしく器用に卵の殻をするすると剝きながら、こともなげに答えた。

「違う違う。同時に死ぬための操作や」

「？」

「どう見ても、俺とお前やったら、お前のほうが健康的な生活を送っとるやろ。俺は夜勤も多いし、外食も多いし、生活がとにかく不規則やからな」

「ま……まあ、そりゃそうだな」

「ちゅーことは、普通に考えたら俺が先に死んでまうやろ。お前を遺していくんは忍びんから、とりあえずここで七年くらい差をつけといたら、同時にぽっくり逝《い》ける可能性が高まるん違うかと思うてな」

あくまでもストレートな愛情に溢れた江南の言葉に、篤臣の顔に血が上る。

「そ、そ、っそんな卵頼みのつまんねえ策略練ってる暇があったら、ちょっとは生活態度を改めろってんだ。俺に心配ばっかかけてんじゃねえよ」

「すまんすまん。せやけど、心配されるんはこれまた、説教と同じくらい、愛情を噛みしめられる瞬間やしなあ」

「…………げふッ」

今日何度目かに絶句した篤臣は、剝き終わった卵に大口でかぶりつき……そして、固茹での黄身に盛大にむせたのだった。


大涌谷を出た二人は、次にこれまた外せない観光地、芦ノ湖《あしのこ》に向かった。

ちょうど昼時なので、湖畔のレストランで食事を摂ることにする。朝食が充実していた上に、大涌谷で食べた茹で卵が意外に腹に溜《た》まっている。飲み物と、名物のワカサギフライを二人でシェアしただけで、十分腹がくちくなってしまった。

淡泊なワカサギは、天麩羅《てんぷら》よりもしっかり衣をつけたフライのほうが食べ応えがある。はらわたの苦みもほとんど感じられない。いつか地元スーパーでワカサギが手に入ったら、自分でも同じ方法で調理してみようと篤臣は思った。

「さて、腹も膨れたし、せっかくええ天気やし、船でも乗ってみいひんか」

「いいな。どうせ決まった予定もないんだし、のんびりしようぜ」

「よっしゃ、ほしたら……」

篤臣は、てっきり遊覧船に乗るものと思って同意したのだが、江南はレストラン併設の売店で、ボートを借りようと言い出した。

こんなところで肉体労働はゴメンだと篤臣はごねたが、江南が胸を叩き、「任せんかい」と豪語したので結局押し切られてしまった。

しかし、簡素な船着き場で、篤臣はもっと抵抗しておけばよかった、いやそもそも船に乗ることに賛成するのではなかったと、心底後悔することとなった。

意気揚々と売店から出てきた江南は、なんの躊躇もなく、まさかのスワンボートに乗り込んだのである。

「ちょ、待っ……」

赤面を通り越して、篤臣は顔面蒼白《そうはく》になった。

確かに、広い湖面のあちこちにボートが繰り出しており、スワンボートも少なくない。だが、おそらくそれらに乗り込んでいるのは、子供連れや、百歩譲ってもカップルか、女友達であるはずだ。

どこからどう見ても白鳥の、こんな可愛らしい乗り物に男二人で乗るなど、普通の状況ではありえない。

「冗談じゃないぞ。こんなもん、『遊園地に行って、野郎二人でメリーゴーランド』と同じくらい恥ずかしい罰ゲームじゃねえか！」

ヨロヨロと後ずさる篤臣に、江南は怪訝そうな顔で「なんでやねん」と呟き、いったんボートから降りてきた。そして、篤臣の二の腕をむんずと摑むと、そのままボートに引っ張っていく。

「ほれ、はよ行かんと」

「嫌だ！　俺は嫌だからな、こんなふざけたもんは！」

「なんでや。俺が漕ぐんやったらええって言うたやないか」

「それがスワンボートだなんて聞いてないッ！　断固拒否するぞ、俺は！」

篤臣は本気で暴れようとしたが、その耳元で江南は早口に囁く。

「ええんか？　もったいないで～。前金で一時間分、三千円払うてきてしもてんけどな」

「三千円!?　そんなにすんのかよ、ボートって！」

「いや、普通のボートやったら半額くらいやってんけど、スワンボートはやたらに高いねん」

「だったら、なおさらやめとけよ、こんなもん。……つか、まさかもう時間のカウント始まってんのか？」

「おう。俺が売店出た瞬間から」

「な……なんだよ、そういう大事なことは早く言えよバカ！」

具体的な金額を聞くなり、篤臣の主夫脳がフル回転し始める。

三千円あったら、さっきの大涌谷で茹で卵が三十個も買える。いや、そんなに茹で卵はいらないけれど、地元のスーパーの生卵ならもっと買えるし、いつも躊躇ってなかなか買わない刺身盛り合わせが二皿も買えてしまう。

キャベツやタマネギなら箱で買えるし、そこそこのステーキ肉も二枚買える。ましてモヤシやニラなら、気が遠くなるほどの量が……。

などと、三千円で買えるさまざまな商品が脳裏を去来し、「もったいない」という気持ちが羞恥《しゅうち》を上回ったらしい。篤臣は、江南の手を乱暴に振りほどくと、みずからツカツカとスワンボートに歩み寄った。その変わり身の早さに啞然《あぜん》とする江南に、篤臣はキリリと眉を吊《つ》り上げて言い放つ。

「くそっ、借りちまったもんは仕方がねえ！　こんなところでウダウダしてるあいだにも、三千円が消費されていくんだろ？　とっとと乗れ、でもって全力で漕げ！」

「へいへい。仰せのままに」

期待どおりのリアクションをしてくれる篤臣に、江南はどうしようもなく緩む口元を片手で隠しつつ、再びボートに乗り込んだ。

篤臣としては断固認めたくないところだったが、いざ乗ってみると、スワンボートはなかなかに快適だった。

通常のローボートに比べると、屋根がある分夏の日差しが遮られ、眩《まぶ》しさや焼けつくような暑さを感じずに済む。座席も船底ではなくきちんとしたベンチシートだし、足元のペダルを無視している限り、優雅に椅子に座って湖面をたゆたっていられるという贅沢ぶりだ。

それでも顰めっ面の篤臣を見て、軽快にペダルを漕ぎながら、江南は口を開いた。

「なんやお前、浮かん顔やな。どないしたんや」

不思議そうに問われ、篤臣は苦笑いで答える。

「あのな。男二人でこんなファンシーなボートに乗って嬉しそうな顔をしてたら、かえって不気味だとは思わないか?」

「そうか？　俺は嬉しいけどな。滅多に乗れるもんやあれへんし、一生忘れられへん思い出になるやないか」

「そういう意味で一生忘れられない思い出って、全然嬉しくねえだろ」

「いやいや。俺はホンマに嬉しいで～。何しろこれは、『スーパースワンボート　プリンセスガー子ちゃん』やぞ」

「……なんだ、それ」

「こいつの正式名称やて、ボート屋のおっさんが言うとった。プリンセスだけに、気品に溢れた顔立ちらしいで」

真顔で説明してくれる江南に、篤臣はますます呆れて首を振った。

「プリンセスガー子ちゃん……。ますますおとなしく乗ってる自分が嫌になってきた。見ろよ。カップルが、こっち見て笑ってるぞ」

「ああ？　んなもん、笑いたい奴には勝手に笑わせとったらええねん。ええやないか、スワンボート」

「何がいいんだよ。普通のボートの倍の値段払ってわざわざ恥かくなんてさ」

「せやかて、普通のボートにはあれへん屋根とハンドルがついとるし、オールを漕がんでもペダルで進むやないか。……っちゅうか篤臣。さっきから俺しかペダル漕いでへんぞ。ちょっとは協力せえ」

「やなこった。お前が無理やり借りたんだから、責任持ってお前が漕げよ。任せとけって言ったろ？」

「それはそうやけど、愛する旦那が額に汗してやな……」

「額に汗して頑張りたいんだろ、お前は。俺はむしろ怠けたいんだ」

「さよか。……あー、せやけどだいぶ来たで」

江南に言われて、篤臣は後ろを振り返った。確かに、船着き場がずいぶん小さく見える。

「あんまり調子に乗って遠くへ行くなよ。時間内に戻れなくなったら超過料金がかかるんだから」

「へいへい。どこまでも現実的なやっちゃな。……っちゅうか、篤臣。あれ見てみい」

「ん？」

江南が指さすほうを見た篤臣は、息を呑んだ。

芦ノ湖畔に見える、大きな白い、ゆったりした曲線を描く建物。周囲には、鮮やかな色の芝生が見える。

それこそが、かつて江南と篤臣が国際学会で滞在した……そして例の強姦事件が起こったホテルだったのである。

「そっか……あそこか。俺たちが泊まってたホテル」

「おう」

江南も言葉少なに頷く。お喋りな彼も、さすがになんと言えばいいかわからないのだろう。

篤臣は、ホテルを凝視したまま、独り言のように呟いた。

「そういや、懇親会が芦ノ湖クルーズで、船の上からこうして宿を見たっけな。外見的には全然変わらないな、あのホテル」

「……せやな」

やはり鈍い口調で江南は同意する。

遠くへ押しやっていた過去をもう一度引き寄せるつもりで来たこの旅行だが、やはり「事件現場」を目の当たりにすると、二人ともどうしていいかわからなくなり、言葉が出てこない。

不自然な沈黙のあと、それでもペダルをゆっくり漕ぎ続けている江南に、篤臣は静かに問いかけた。

「なあ、江南。お前、なんで湯河原に宿取ったんだ、今回」

「なんでって……ネットで検索しとったら、よさげな宿やなーて思うて」

しらばっくれようとする江南に、篤臣はピシャリと言い返した。

「それは嘘じゃないかもだけど、でも、ちょっとくらいは考えたんじゃないのか？　箱根の宿にしようかな、とか。いっそあのホテルにしようかな、とか」

淡々としているが容赦ない篤臣の質問に、江南は鈍く頷いた。彼が戸惑っているときの癖で、指先で頬をカリカリと掻く。

「そらまあ、ちょっとは考えた。けど……同じ宿はあんまりきつすぎるやろ」

「俺にとって？」

「いや、俺にとってもや。箱根に宿を取ったら、甦る記憶が生々しすぎて、過去を乗り越えるどころか、押しつぶされてしまうん違うやろか。二人して、逃げて帰りたくなるん違うやろか。そう思うたから、あえて箱根からちょっと離れた湯河原に、宿を探したんや」

「……そっか……」

「いくらけじめの旅行言うても、やっぱし楽しい思い出にしたいやないか。ホンマは、観光も湯河原にとどめとこうかと思うた。けど、せっかく車で来たし、昼間やったら箱根でも、俺もお前も大丈夫なん違うかなと」

「……だな。それに、あんとき行きそびれた場所にも、こうして二人揃って来られてるし」

ようやく微笑を見せた篤臣に、江南もホッとして口元を緩める。

「そういうこっちゃ」

篤臣は、首を巡らせて江南を見た。その瞳には、さっきホテルを見たときの緊張の色はもうない。

「ありがとな、江南。俺のために、いろいろ考えてくれて」

「アホか。大事な嫁さんのためやったら、そのくらい普通やろ。それに、お前のためだけやない。同じくらい、いやそれ以上に、俺のためでもあるねん」

「それは……そうかもだけど」

「もし、箱根に宿を取っとったら、昨夜、俺は生きた心地がせえへんかったと思う。お前を、あんなことがあった場所にひとりで待たすとか……ありえへんやろ。旦那失格どころの話やあれへん。お前を拷問にかけるみたいなもんや」

「江南……」

篤臣はしばらく考え込み、そして思い切ったように切り出した。

「俺さ、お前に言っておきたいことがある」

「うん？」

「さっき、お前が言ってたのと同じことなんだけど」

「どの話のことや？」

「俺を、箱根観光に連れ出すつもりだったって。その、国際学会でここに来たとき」

「おう」

「あのとき、俺も、お前がこんなふうにあちこち連れ歩いてくれるの、すごく楽しみにしてた。どこへ連れてってくれるんだろうって」

「篤臣……」

江南が合流してから今に至るまで、国際学会のときのことは自分から話題にしようとしなかった篤臣である。急に当時のことを語り始めたことに驚いて、江南はとうとうペダルを漕ぐ足を止める。

さざ波にたゆたうボートの中で、篤臣はシートに深くもたれ、前を向いて静かな声で言った。

「結局、あんなことがあって、駄目になっちまったけど。……でもさ、あの頃の俺は、今思い出したらイラッとするくらい、お前に頼りきってたんだな」

「……そうか？」

同意する代わりに、江南は空とぼけた相槌を打つ。そんなさりげない思いやりに感謝しつつ、篤臣は頷いた。

「そうだよ。何かあっても、お前がいれば大丈夫。どんなことでも、お前がなんとかしてくれる。困ったときに呼べば、いつだってお前が来てくれる。恥ずかしいけど、そんな甘えた考えでいた」

「俺は、そういう甘えたなお前が可愛いてしゃーなかったけどな」

江南は眩しそうに湖面を見遣り、ふっと笑った。篤臣は不服そうに咎《とが》める。

「なんだよ、それ。同級生なのにお兄ちゃん的な視線か？」

だが江南は、あっさりとその非難交じりの疑惑を肯定した。

「せやな。俺、兄貴分はおってもひとりっ子やったから、最初はなんや弟ができたみたいやった。単純に、俺のことをごっつ真っすぐに頼ってくれて、可愛いやっちゃなって思ってたんや。そういう気持ちがいつの間にか恋愛に変わっていってんから、人間の心って不思議なもんやな」

「……うん……」

「けど、お前はひとりでさっさと成長してもうて、今は俺のほうが面倒みてもらうほうやもんな。人生、油断が命取りっちゅうやつや」

冗談めかしてそんなことを言う江南に、篤臣はゆっくりとかぶりを振った。

「そんなことないよ。自分のことはわかんないだけだろ。確かに俺、自分でもずいぶん変わったと思うけど……江南も滅茶苦茶変わったよ」

「そうか？」

　篤臣は笑って頷く。

「そうだよ。出会った頃のお前って、頼もしかったし俺には優しかったけど、でもどっか鞘《さや》のないナイフみたいなとこがあったもん。ちょっとしたことで自分からも斬《き》りかかってくるし、迂闊に近づいても傷つけられる、みたいな」

「……おい。人のことを人間凶器みたいに言うなや」

「ごめん。でも、マジでそんな感じだったんだぜ、お前。やりたいことはやる、でも面倒くさいことは御免、人が自分の行動をどう思おうと気にしない、自分の言動で誰かが傷ついてもべつにかまわないし、そういう奴は自分から距離を置いて勝手に自衛すればいい……みたいなさ。何もかもを斜めに見る、悪い癖があったよな」

「うっ……た、確かに、な」

「でも、今のお前は違う。やさぐれたふりなんかとっくにやめて、命を削って患者さんのために頑張ってるじゃん」

「それはべつに、人のためやないで？」

「お前自身のためって言うんだろうけど、でもやっぱ、患者さんを治してあげたいって熱意がなけりゃ、とても続かない仕事だと思うよ。そりゃ……俺としちゃ、もうちょっと自分の身体を大事にしてほしいと思うけど、それでも、お前に今のままの志を貫いてほしいし、そのためなら、俺にできる限りのサポートをしてやりたい」

「篤臣……」

「お前は、俺がお前の面倒みてるってすぐ言うけど、それもホントは違うってわかってるんだ、俺」

篤臣は、しんみりと口の端を上げた。

「俺は細かいことが気になるほうだし、お前よりはだいぶきっちりしてる。それにいちいち口うるさいから、なんとなくお前も周りの人たちも、俺が主導権を握ってるみたいに思いがちだけど……それは、お前が俺に好きにさせてくれてるからだよ」

「…………」

江南は眩しげな眼差しのまま、淡々と語る篤臣を見つめる。

「お前は懐が深いし、肝も据わってる。そんなお前が傍で見ててくれるからこそ、俺は自由に動けるんだ。何かあったら、お前が受け留めてくれるのを知ってるから。俺が行きすぎたり、間違ったほうへ行こうとしたら、お前が手を引っ張って止めてくれるのも……知ってるから」

篤臣は、江南を見て、はにかんだ顔で小さく笑った。

「結局、俺は今でもお前に寄っかかったままなんだよ。それに、昨夜気づいた」

「昨夜？　ひとり宿で待っとったときか？」

「うん。ひとりで露天風呂に入っていろいろ考えてたら……怖くて震えたよ」

「篤臣……」

それを聞いて、江南の真っすぐな眉が曇る。だが篤臣は、笑みを消さないまま続けた。

「ああ、俺は目先のことでバタバタしてるふりして、心の底にあるでっかい傷を見ないふりしてたんだなーって。でも、お前がそれに気づかせてくれた。やっぱ、大事なことはいつもお前がきっかけを作ってくれるんだよ、江南。……その……こんな間抜けなボートの中で言うことじゃないかもしれないけどさ」

篤臣は恥ずかしそうに、けれど思い切った様子で小さく咳払《せきばら》いしてからこう言った。

「でも、ちゃんと言っておきたいんだ。あの露天風呂でのことは確かに今でも塞がってない傷だ。でもそれとはべつに、知っておいてほしい。俺がどんなにお前に感謝してるか。出会ってからずっと、お前がいてくれてホントによかったって、俺は……」

「待て。ちょー待て！」

江南は慌てて両手を突き出し、篤臣の渾身《こんしん》の告白を遮る。優しい外見に反して短気な篤臣は、打てば響くようにまなじりを吊り上げる。そのリアクションも予想済みだった江南は、半ば反射的に「違うねん」と言った。

「何が違うんだよ。俺が真面目に話してんのにさ。聞く気、ないのかよ」

「いや、せやからよけいにやばいねん。お前に昼間っからそないな嬉しいこと言われたら、場所を忘れて押し倒したくなるやろが」

「げッ」

こういうときの江南が言うことは、冗談でもなんでもないことを知っている篤臣は、軽くのけ反る。だが、そんな篤臣の腕を掴むとグイと引き寄せ、江南は篤臣に光の速さでキスをし、ギュッと抱きしめてから腕を緩めた。

軽いキスだからこそ、一瞬の抱擁だからこそ、江南の肉感的な唇と、力強い腕と、広い胸の感触が鮮烈に残る。

「ちょ……ッ」

思わず江南を突き飛ばし、自分の唇を片手で覆って、篤臣はキョロキョロと周囲を見回した。そんな大慌ての篤臣とは対照的に、江南は余裕綽々《よゆうしゃくしゃく》の笑みで言った。

「大丈夫や、誰も見てへん。せやけど、それ以上言われたら本気で抑えが利かんようになりそうやし……話の続きは、夜にしてくれや。な？」

「う……ううう……」

篤臣は火を噴きそうな赤い顔で、江南を睨んで絶句する。

そんな二人の耳に、船着き場から拡声器越しのだみ声が聞こえてきた。

『スワンボートのお兄さん二人、そろそろ戻ってきてくださーい。もうじき時間でーす』

「……なんだかだ言って、フルに楽しんじまったな、スワンボート」

まだ怖い顔で、しかし照れの滲んだ声でそう言った篤臣に、江南も不敵に笑って頷いた。

「高いだけの値打ちはあんねん！　……せやけど、帰りも俺ひとりで漕ぐんか……。今度は逆風やから、こら一仕事やな」


その夜。

二人は夕飯を終え、部屋でくつろいでいた。

結局、互いの職場に土産を買い、宿に戻ってくると、時刻はもう午後五時過ぎになっていた。

彼らはまず、篤臣が昨日行かずじまいだった大浴場へ行き、汗を流してさっぱりしたところで、夕食の膳についた。

昨夜とはまったく異なる献立だが、負けず劣らず意匠を凝らした料理が卓上に並び、二人は賑《にぎ》やかに喋りながら食事を楽しんだ。

昨夜は食が進まなかった篤臣も、江南の旺盛《おうせい》な食欲と明るい雰囲気につられて、ほぼすべて平らげることができた。特に、どうせなら二人揃ったときに……と、昨日出さずに今日に回してくれたアワビのステーキは、二人の間で奪い合いになったほどだ。

そして今、浴衣姿の篤臣は、並べて敷いた布団の上に大の字になっていた。

「ああくそ、食いすぎたな。デザートの西瓜《すいか》がトドメだった。あれ、水分が多いから、けっこうあとからガツンとくるんだよ」

溜め息をついて両手で腹をさする篤臣を、窓枠に腰かけた江南は可笑しそうに見た。

「そないにペタンコな腹の、どこに食いすぎた飯が入ってんのやろな」

「胃に決まってんだろ。消化器外科の医者が、面白いこと言ってんなよ」

憎まれ口を叩きながらも、篤臣の顔からは笑みが消えない。

「幸せそうやな」

その笑顔につられて、江南の口からは意識せずにそんな言葉がこぼれた。少し驚いたように目を見張った篤臣は、ひどくはにかんだ顔で小さく頷いた。

「そりゃ……幸せだよ。アメリカにいた頃と違って、こうして一日一緒に過ごすなんて、滅多にないだろ？　いっぱい喋って、いろんなとこ行って、旨いもん食って、こうして転がってられて……。これで幸せじゃなきゃ、バチが当たる」

「……せやな。俺も、いっつも俺のことで何かしら心配しとるお前が、今みたいに笑ってるんを見ると、ホッとする。……なあ、篤臣」

「ん？　え……江南？」

気怠《けだる》そうに返事をした篤臣は、次の瞬間、驚いて目を見張った。江南が、突然篤臣の枕元にやってきて、きちんと正座したのである。

滅多にそんなあらたまった格好をしない江南だけに、篤臣は半ば反射的に起き上がり、自分も布団の上で、江南と向かい合うように正座する。

「な、な、なんだよ、お前。藪《やぶ》から棒にそんな……」

江南は、両手を腿の上に置き、真面目くさった顔で口を開いた。

「昼間、お前の話を遮って悪かった。あの話……俺からもっぺん再開さしてもろてええか?」

「え? う、うん」

いつも篤臣の前ではリラックスした表情でいることが多い江南だけに、真剣な面持ちになると、整った造作がひときわ感じられ、篤臣はそれだけでドギマギさせられる。

「昼間、お前、言うてくれたやろ。俺がおるから、お前、安心して思い切った動きができるんやて」

「……うん」

「それ聞いたとき、ホンマに嬉しかったんや。また、そないなこともわかってへんかったんかって怒られるんやろけど……お前が俺を必要としてくれてるて、俺がおってよかったと思ってくれてるて感じることができた」

「それ、これまでわかってなかったわけじゃないだろ?」

「そらそうや。お前が言葉にしてくれて、あらためて実感できたっちゅう意味や。……あとな」

「うん」

篤臣も、江南に負けず劣らず真剣な表情で、パートナーの言葉に耳を傾ける。

「昨日のこともそうやけど……俺、仕事のことで、お前との予定をドタキャンしたり、お前をひとりにしてしもたりがしょっちゅうやろ」

「それは、確かに」

「お前はいつもそれを許してくれるけど、それが、しゃーないて諦めるだけやのうて、俺のやっとることを認めてくれて、俺をサポートしたいと思うてくれてるからやって。それを知って、あのボートの中で、俺がどないに嬉しかったか。ありがとうな、篤臣」

真っすぐに見つめられ、感謝の言葉を述べられて、照れ屋の篤臣はみるみるうちに目元を上気させる。

「そ……それも、とっくに知っとけよ」

「ホンマにな。お前が思ってくれとるよりずっと、俺は自信がない男やねん」

妙に謙虚にそう言い、江南はいっそう背筋を伸ばして、毅然とした声で言った。

「あんな、篤臣。俺にはまだまだ足らんとこが多い。お前は進歩した言うてくれたけど、やっぱし人の気持ちには疎いし、言葉が足らんし、何かに熱中したら、ほかのことは……それがどないに大事なもんでもことでも、目に入らんようになってまう。我が儘やし、思うとおりにことが運ばんかったら、機嫌悪うなることもある」

「…………」

それはどれも否定しがたい事実であったので、篤臣は複雑な表情で、曖昧《あいまい》に首を傾げる。そんな篤臣の困惑にはおかまいなしで、江南は言葉を継いだ。

「けど、お前を何より大事に思う気持ちは本物や。人の命がかかっとる仕事やから、お前に我慢を強いることは、これからもなくなりはせえへんと思う。せやけどそれは、お前を蔑《ないがし》ろにしてるからと違うっちゅうことは、わかっといてくれ」

篤臣は、小さく肩を竦めて言った。

「俺はお前と違って、察しがいいほうなんだ。そんなことは、よくよくわかってる」

「そうやろうけど、こういう機会でもないと、お前に言葉で念を押すチャンスはあれへんからな。……何よりお前が大事や。お前が言うてくれたみたいに、いざっちゅうときはお前をしっかり支えられる人間になれるように、俺はせいいっぱい努力する」

「…………」

「俺はきっとこれからも、お前を困らせたり、怒らせたり、泣かせたりしてしまうんやろう。それでも、それよりもっともっとようけ、お前を笑わしてやれるような俺に、きっとなる。……今回の旅行で、それをお前に誓っておきたかったんや」

「江南……」

真摯な江南の言葉に胸を打たれ、何も言えない篤臣の左手をそっと取り、江南はかつてシアトルの教会で二人きりの結婚式を挙げたときのように恭しく、薬指のリングに口づけた。

「いつも俺を許してくれて……愛してくれてありがとうな、篤臣。俺もお前だけや。この先何があっても、俺にはお前だけや」

何か言葉を返そうと、篤臣は口を開き……しかし、何も言えずに閉じてしまった。単刀直入にして誠実そのものの江南の言葉に、何を言っても余分なつけ足しになってしまいそうな気がしたのだ。

だから篤臣は、すっくと立ち上がった。左手を江南に預けたままなので、江南もつられて畳に片膝をつく姿勢になる。

「篤臣……？」

姫君に誓いを立てる騎士のようなポーズ、ただし浴衣姿で自分を見上げてくる江南に向かって、篤臣は一つ大きな深呼吸をし、落ち着いた声で言った。

「行こう……露天風呂」


浴衣を脱ぐと、昨夜よりいっそう冷たい夜風が素肌を撫でた。

しかし、いつもなら寒い寒いと大騒ぎしそうな江南も、今日は無言のままで服を脱ぎ捨て、広い石作りの浴槽に入った。

パシャン……。

水音が、静かな空気を震わせた。

篤臣も、ドキドキする心臓を宥めつつ、静かに浴衣を脱いだ。

「………」

江南が、浴槽の中で立ったまま、手を差し伸べてくる。その手に、篤臣は迷わず自分の手を預けた。優しい力で引かれるままに、浴槽を満たす湯に足を踏み入れる。足を包む熱めの湯に、ほっと息が漏れた。

そのまま江南は、篤臣を浴槽の縁に腰かけさせた。さっきと同じように、自分は湯の中で跪《ひざまず》く。そのポーズに、篤臣は少し強張っていた顔を緩めた。

「おい。それはずるいぞ。俺は寒いのに、お前だけ、どっぷり温泉につかってんじゃねえかよ。しかも、マッパでそんな格好しても、いろいろ間抜けっぽい」

「……まあ、便宜上、それはしゃーない。……なあ、篤臣。昨夜怖かったって言うたやろ？今も……やっぱし、怖いか？」

篤臣はしばらく沈黙し、それから小さく顎《あご》を上下させた。

「全然怖くないって言ったら嘘だろ。でも……ホントは昨夜、ここにお前が一緒にいたら、あのときのこと思い出して、もっと怖くなるんじゃないかって思ってた」

「……そうやないんか？」

祈るような声で問われ、篤臣は今度はもっと深く頷く。

「違う。こうしてお前が一緒にいてくれて……変な話だけど、怖がる自分と、安心する自分がいる。きっと、昔の俺と今の俺が、頭ん中で領地争いしてんだろうな。昔の俺は、開いたままの古傷を頑固に守ろうとしていて……今の俺が、それを塞ごうとしてるんだ」

「……で、お前はどうしたい？」

篤臣は、まだ乾いたままの両の手のひらで、江南の頬を包み込むように触れた。そして上体を屈め、夜風に冷えた唇で、答えを待つ江南の唇にそっと口づける。

「篤臣？」

唇を離し、けれど両手はそのままで、篤臣は囁いた。

「なかったことにはできない。でも……せめて、傷痕にしたいんだ。腕のいい外科医が手伝ってくれたら、できると思うんだけどな」

「………！」

江南の目が裂けんばかりに見開かれる。

バシャン！

一瞬の沈黙の後、篤臣は湯の中に引き入れられ、江南に思いきり抱きしめられていた。熱い湯の中でも、篤臣は自分の身体を抱く江南の体温を感じることができる。全身で感じる江南の鼓動は、驚くほど速かった。

「江南……」

「一緒に塞ごうや、傷口。……大昔、互いの胸に刺さった棘《とげ》を、一緒に抜いたときみたいに」

熱っぽい声でそう告げながら、江南は水飛沫《みずしぶき》で濡れた篤臣の髪を愛おしげに撫でつける。

「……ん」

篤臣は子供のようにこっくり頷くと、躊躇いなく、江南の首筋に腕を回した……。

湯の中で膝立ちになった江南が動くたび、小さな水音が周囲に響く。

さっきのように、浴槽の縁に浅く腰かけた篤臣は、江南の身体で両脚を広く押し開かれていた。隠すすべもなく屹立《きつりつ》した篤臣の芯を、江南は両手と唇で丹念に愛撫し続けている。

「ふっ……ん、ぁ……ッ」

くぐもった声が、篤臣の唇から切れ切れに漏れた。両手で口を塞いでいても、いちばん敏感な部分に執拗《しつよう》に加えられる刺激に耐えきれないのだ。

「ちょ……も、えな、み……っ」

心細そうな声に、江南はわざと先端を軽く口に含んだまま、心配そうに視線を上げた。

「……怖いんか？」

「違……ッ」

言葉と一緒に吐く息にさえ快感を煽られ、篤臣はギュッと目をつぶった。

いくらほかの客室と離れているといっても……そして、この露天風呂の周囲には何もないとわかっていても、大きな声を出せば、誰かに聞きつけられてしまうだろう。

それを思うと、決して嬌声《きょうせい》を上げてはならないという緊張感と、クローズドとはいえこんな場所で行為に及んでいるという背徳感が相まって、いつもより強く興奮する。それがよけいに羞恥心を煽り、篤臣は欲望を散らしたくて、激しく首を振った。

うんと優しくしてやりたい、という言葉どおり、江南は篤臣の全身にくまなく触れた。まるで、あのとき自分が蹂躙《じゅうりん》した篤臣の肌を、自分の指先で癒《いや》そうとするかのように。

外科医の器用な、しかしざらついた指に触れられるたび、篤臣の心から、根強い恐怖が少しずつ拭《ぬぐ》い去られていく。脚だけを温める温泉よりも、江南の体温はずっと熱く、じんわりと篤臣の身体と心にしみた。

根元を擦り上げる指の動きと、裏筋を辿り、先端を絶妙の強さで吸い上げる唇と舌の動きに合わせて、篤臣の腰が微妙に揺れる。

身体の大部分は湯の外に出ているのに、篤臣は少しも寒さを感じなかった。肌の表面は冷えていても、そのすぐ下には力業で高められた欲望がマグマのように渦巻いている。背筋から下腹にわだかまる疼《うず》きに、篤臣の頑固な羞恥は消え、必死で引き結んでいた唇からは懇願の言葉がこぼれた。

「もう……いい、から……大丈夫、だ、からっ……」

「ホンマか？」

それでも江南は念を押す。篤臣は、潤んだ瞳でそんな江南をじっと見つめ返した。

「……わかった」

江南は湯の中で胡座を掻くと、篤臣をその上に座らせた。触れられなくても十分に猛《たけ》った江南のそれが、篤臣の後ろに押し当てられる。湯の中でもなお熱い楔に、篤臣の喉がゴクリと鳴った。

どこまでも優しく自分を扱おうとする江南に焦れたように、篤臣はみずから江南のそれに触れた。片手を江南の肩について身体を支え、もう一方の手で江南を自分の体内に導く。

「く……っ、う……」

少しずつ腰を落とすと、いつもより大きく感じられるものが、ゆっくりと身体の奥底を切り開いていくのが感じられる。わずかに入り込む湯のせいか、痛みはまったく感じなかった。ただ、いつもより違和感が強い。

それがよけいに、自分の意志と体重で江南を体内に迎え入れているのだという事実を感じさせ、篤臣は掠れ声で喘いだ。

「大丈夫か？　焦らんでええぞ。……怖くなったら、いつでも言えや」

宥めるように背中を撫でる骨張った手にも、耳元で囁いてくれる気遣わしげな声にも、篤臣は泣きたい気持ちになった。

「しあわせ……だって、言った、ろ」

ようやくそれだけの言葉を吐き出し、篤臣はグッと腰を沈めた。

江南の腿の上に身体を預けると同時に、江南の楔が根元まで篤臣の体内に沈み込む。同じように、温泉の中で江南に押さえつけられ、犯されたときの記憶は、フラッシュバックするたびに遠ざかっていく。優しく触れられ、撫でられ、口づけられ、今もまた、あやすように軽く揺さぶられる感覚が、過去の記憶を確かに上書きしていくのがわかった。

「……だい、じょうぶ」

乱れた吐息の合間に吐き出した一言と淡い微笑に、江南はようやく安堵の表情になった。いつもの悪戯っぽい光を切れ長の目によぎらせ、篤臣の背中の弱いところを指で引っ掻くようになぞる。

「あっ、ぁ」

「声……上げたら、さすがにまずいやろ。お前も困るやろし。……せやから」

そう言うなり、江南は篤臣の唇を自分の唇で塞いだ。力強く弾力のある江南の唇が、貪《むさぼ》るように篤臣の唇に何度も重ねられる。強引に押し入ってきた舌に自分の舌をからめとられ、それと同時に強く突き上げられて、篤臣の身体がビクンと跳ねた。

「ん、んんっ、ふ……」

堪えきれない声はすべて口移しに江南に奪われ、どうにか許される苦しい呼吸の合間に、篤臣は鼻にかかった声を上げた。

「あ……っ、は、はっ……んぅ」

湯の浮力のおかげで、江南は自在に篤臣の身体を操ることができる。やすやすと篤臣のほっそりした身体を持ち上げ、再び落として突き上げる。そのたびにいまだかつてないほど深く貫かれ、逃れようもごまかしようもない快楽に身もだえるしかない篤臣の目からは、いつしか涙がこぼれた。

「え……な、みっ……」

もう数えきれないほど身体を重ね、こうして抱き合ってきたのに、こんなに胸の熱くなる交わりは初めてだった。篤臣はそれを伝えたくて、うわごとのように江南の名を呼ぶ。

「……なんや……?」

唇を触れ合わせたまま、江南は欲望に掠れた声で応じた。ゆるゆるとした突き上げに翻弄《ほんろう》されつつ、篤臣は必死に想いを言葉に変えようとした。

「お前……となら、なんでも……乗り越えられる……っ、から……あっ、あ……！」

「篤臣……篤臣、篤臣……！」

かつて取り返しがつかないほど傷つけられたのと同じような場所で、自分に全幅の信頼を寄せてくれる篤臣が愛おしくて、江南も篤臣の名を何度も呼びながら激しく腰を突き上げる。

「あっ、は、あ、あぁ……っ！」

江南のたくましい肩に歯を立て、必死で声を殺したまま……そして、江南としっかりと抱き合ったまま……篤臣の視界は、真っ白にスパークしていった……。

「……あ、れ……?」

目を開いたとき、篤臣はきちんと浴衣を着せられ、布団に横たえられていた。真上に見えるのは、杉板張りの天井と、ぼんぼりを模した照明である。

そこに、ニュッと江南の笑顔が割って入った。

「!」

「二晩連続で湯あたりやな」

ニヤニヤ顔でそうからかわれ、篤臣は自分が行為の果てに意識を飛ばしてしまったことを知り、今さらながらに真っ赤になった。

「あ……お、俺、も、も、もしか……して?」

昨夜、露天風呂で考え事をしすぎてのぼせたときと同様に、みぞおちのあたりが気持ち悪く、全身に熱がわだかまっているような感じがする。

「こら、そない照れるな。せっかく顔色がマトモになってきたのに、また真っ赤やぞ」

そう言いながら、江南は篤臣の額にのせていた濡れタオルを取り、洗面器の氷水に浸してギュッと絞った。

「フロントで氷をようけもろてきたから、冷たいタオルで冷やしてやれる。気持ちええやろ?」

再び額に置かれたタオルは本当に冷たくて、篤臣は心地よさに思わず溜め息をついた。

「ん……すごく。でも、あの……俺……」

「うん?」

恥ずかしさに死にたい気分だったが、ここでたしかめておかないと、一生気になってしまいそうだ。篤臣は、蛮勇を振り絞って江南に訊《たず》ねた。

「俺……も、もしかして、ひとりだけ勝手にイって……お前のこと、ほったらかしにした? お前、まさか、イけずじまいとか……その、最後、自分でどうにかするはめになったとか、そんな……ひどいことになったんじゃねえか?」

「……ぶッ」

それは思いも寄らない問いかけだったのだろう。鳩《はと》が豆鉄砲を食ったような真ん丸目をした江南は、次の瞬間、盛大に吹き出した。

「ちょ……わ、笑うなよ。だ、だ、大事なことだろッ」

思わず起き上がろうとした篤臣の額を押さえて止め、江南はそれでもまだ肩を震わせて笑いながら、滲んだ涙を片手で拭った。

「や、すまん。お前があんまり意外すぎること言うから、どないしようかと思った。大丈夫や、俺もがっつりイかしてもろた。心配いらん」

「……ホントだな? 俺に気ぃ遣ってるとかじゃないな?」

疑い深く念を押す篤臣に、江南は困り顔で眉をハの字にする。

「違う違う。ホンマやて。……証拠を見したりたいけど、ちょー無理やしな。むしろ、お前が不用意に可愛いこと言うから、もっぺんでもそれ以上でも、俺のほうはやれる感じになってきたで」

「や……それは勘弁。もう死ぬ」

思わず拒否の言葉を吐き出した篤臣は、やけに重く感じられる手を持ち上げ、江南の胡座の膝に置いた。

「……篤臣？　水でも飲むか？」

「いや……いい。あのさ。修復完了って感じ」

「修復？　その……記憶のか？」

篤臣はまだ熱く火照った顔で頷いた。

「うん。昔の傷が消えたわけじゃない。でも、お前と出会ってから、一緒に過ごした中で起こったほかのいろんなことと同じように、思い出の一つに変わった気がする。それと同時に、今日一日で、いろんな思い出がまた増えた。……お前は？」

「俺もや」

江南は穏やかに言い、篤臣の手に、一回り大きな自分の手をそっと重ねた。

「どう言うてええんかはわからん。あれは、俺ん中では一生もんの罪や。忘れることはこの先もあれへん。……それでも、ただ負い目っちゅうわけやのうて……ああ、ホンマにどう言うたらええんやろな」

もどかしげに言葉を探すように天井を見上げた江南は、やがて「よし」と意を決したように篤臣に視線を戻した。そして、迷いなくきっぱり言った。

「つまるところ、償いとかいう薄暗い言葉やのうて、お前を一生大事にする、幸せにする、っちゅうか一緒に幸せになる……そんな決意に罪っちゅう言葉を変えられた気がすんねん。……ホンマやな、篤臣」

江南は、しみじみと微笑して言った。

「さっきお前が言うたとおりや。二人でおったら、たいていのことは乗り越えられる。俺もそう思う」

「江南……」

篤臣は、彼にしては珍しく、甘えるような声で江南を呼んだ。

のぼせているのだから、本当ならば冷たいものに触れたいはずなのに、今はひたすら、江南と触れ合っていたかった。たとえ、布団と枕元という至近距離でも、離れているのが切なかったのだ。

そんな思いは、「人の気持ちに疎い」と自覚する江南にもダイレクトに伝わったらしい。

「……ホンマ、時々思いきり頼ってくれるお前は、とことん可愛いな」

そう言うと、江南は篤臣の傍らにごろりと横になった。手枕で頭を支え、もう一方の手で緩く篤臣を抱き寄せる。

「俺も風呂上がりやから、暑苦しいいん違うか?」

「いいんだ。……今夜はこうしてたい」

照れくささのあまりつっけんどんに言い放ち、篤臣は江南のはだけた胸元に頭をこつんとくっつけた。そのどこか幼い仕草に、江南は出会った頃のような、兄貴分めいた口調で問いかける。

「ええよ。……なあ、篤臣。ええ旅行やったな。一日はつぶれてしもたけど、埋め合わせになったか?」

「…………」

言葉で答えることはせず、篤臣はもそりと頷く。江南はホッとしたように笑った。

「そうか。それやったらよかった。なあ。また時間作って、旅行に行こうや。次は、どこ行きたい?」

「……箱根」

ボソリと返された言葉に、江南は再び目を見張る。

「あ? また箱根か? もう見るとこは大概見たやろ?」

篤臣は、濡れタオルを放り投げると、額を江南の胸板に押し当て、駄々っ子のような口調で言った。

「箱根でいい。大涌谷に行って、また卵を食う」

「あの黒たまごか？　べつにええけど……なんでや」

「今度は、俺が三つ、お前が二つだ。お前は俺のほうが健康的な生活をしてるから、お前が早死にしそうだって言ったろ。でもよく考えたら、お前にこれまでもこれからも振り回される分、俺のが大変に決まってる。次は俺のほうがたくさん食って、バランスを調整する」

「……なるほど。なるほどな、一理ある」

しばらく呆気にとられていた江南は、再び笑顔に戻り、篤臣のまだ湿った髪を撫でた。

緩く抱いた細い身体も額も、まだ熱っぽい。本当は、さっさと離して冷やしてやったほうがいいとわかっていても、江南のほうも、篤臣を離しがたい気持ちでいた。

「なあ、篤臣」

「……ん？」

気怠そうにいらえを返す篤臣の熱い額にキスを落とし、江南は一日の締めくくりに、想いを込めて囁いた。

「愛しとる」

「〜〜〜〜」

至近距離で江南の端整な顔を見つめる篤臣の眉間には、愛の言葉を捧げられたとは思えないほど深い縦皺が刻まれる。

「……おい。いくらそれなりに雰囲気に流されてるっていっても、そんなこっ恥ずかしい台詞は返さねえぞ、俺は」

「ええよ。言葉で返さんでも、その顔見とったらわかる。お前も俺とそっくり同じ気持ちやってな」

しれっと言い返す江南に、篤臣は悔しそうに言い返した。

「……誰が自信のない男だよ。ったく」

「アホ。何年のつきあいやと思うてるねん。俺は、お前の胸ん中に関しては、超エキスパートやぞ。……あ、せや。こないだ虫垂切ったったから、腹ん中もまるっと見たしな」

「…………その節はどうも」

「どういたしまして」

二人は顔を見合わせ、同時に笑い出す。

温かな、幸せな気持ちを分かち合ったまま、二人は抱き合い、まどろみに落ちていった。

ただし数時間後。江南は、湯あたりからどうにか復活した篤臣に追い立てられ、朝までに露天風呂の湯を入れ替えるべく大奮闘させせられるはめになるのだが……。

愛と嫉妬と鰺フライ

一章　心に立つさざ波

それは、江南《えなみ》と篤臣《あつおみ》が湯河原《ゆがわら》旅行から帰って二ヶ月ほどした、ある日の午後のことだった。

夏より青色が淡くなったように見える秋空には、薄く掃いたような雲が流れている。外に出れば、キンモクセイの香りがあちこちから漂ってくるはずだ。

ただ、篤臣たちの職場、K医科大学のエントランス前には銀杏《いちょう》の巨木があり、この季節になると、盛大に銀杏《ぎんなん》を実らせる。

喜んで拾う人も中にはいるが、たいていはうっかり地面に落ちた実を踏んでしまい、独特の臭気に顔を顰《しか》めるはめになる。これもまた、秋の風物詩と言えるだろう。

(はあ……今日の夕飯、何にしようかな)

K医大法医学教室の実験室で、大きなビーカーにピペットマンに取りつけるプラスチック製の小さなチューブをざらざらと入れながら、篤臣は心の中で溜《た》め息《いき》をついた。

今日は、朝に一つ、白骨死体の検案があっただけで、比較的暇な日である。

城北《じょうほく》教授は裁判で鑑定人として証言すべく、昼過ぎに外出した。おそらく今日は直帰することだろう。

篤臣の上司である中森美卯《なかもりみう》も、ついさっき、「ちょっと本屋に行ってくるわね。来週の法医学の試験用に、素敵な症例問題のネタを探しに行かなきゃ」と言い残し、留守を篤臣に託して出かけていった。

今、広い実験室にいるのは篤臣と、消化器内科から研究のために通ってきている楢崎千里《ならさきちさと》だけだ。

博士号を取得すると、それきり基礎の教室など見向きもしなくなる臨床の医師がほとんどである中、楢崎は、暇を見つけては法医学教室に通い、こつこつと研究を重ねている。

実験そのものは技術員に任せきりで、自分は上がってきたデータを元に論文を書くという医師も少なくないが、楢崎はすべてを自分でやりたがり、美卯や篤臣について、一から実験手技を学んだ。

篤臣や江南と同級生だったので気安いせいもあるのだろうが、学生時代から楢崎は常に学年トップクラスの成績を維持していた。おそらく、今でも基本的に勉強することが好きなのだろう。

もう篤臣が手取り足取り教えなくても、楢崎はひととおりのテクニックを会得している。

これといって手伝う必要はないのだが、一応部外者なので、実験室にひとりにしないようにと美卯から厳命を受けている。それで篤臣は、暇なときにと実験室のメンテナンスに励んでいるのだった。

ビーカーをズラリと並べ、ピペットマンのサイズに合わせて、大きさと色の違うチップを順番に詰めていく。

それが終わるとアルミホイルできっちり蓋《ふた》をして、高熱で滅菌するというわけだ。

ＤＮＡを扱う実験が主なだけに、器具を無菌状態にしておくことは基本中の基本であり、もっとも重要なことでもある。

（一昨日《おととい》は酢豚、昨日は棒々鶏《バンバンジー》。見事に肉ばっかりだ。その前は……）

認知症のテストのように延々とこの一週間の夕飯を思い出しながら、篤臣は青いチップの袋を開けた。

無論、作業は丁寧、確実に行わなければならないのだが、慣れた手順ゆえ、頭で考えなくても身体が勝手に動く。

（江南がいると、つい肉をチョイスしちまうけど、ホントは湯河原で食ったみたいな魚中心の食卓のほうがいいんだよな）

ごく当然の結論に達し、篤臣は今度は本当に嘆息した。

通常、消化器外科に勤務する江南は激務で、週に半分、二人が暮らすマンションに戻ってくればいいほうだ。

しかし現在、新しく導入した設備が不具合を来たし、手術室の一部が使用不可能になっている。そのせいでどの科も手術数を減らすことを余儀なくされており、消化器外科といえども例外ではない。

おかげで江南の仕事量もいつもよりは減り、ここのところ、当直の日以外は毎晩、家に帰ってこられるようになった。

いつも江南の働きすぎを案じている篤臣にとって、それは嬉《うれ》しいことではあるのだが、同時に悩ましいことでもあった。

当直が多く、自然と外食が多くなる江南のために、篤臣は時折弁当の差し入れをしている。それでも野菜不足やバランス不足は解消できないので、彼が自宅で夕食を摂《と》れるときはいつも、篤臣はできるだけ野菜をたくさん食べさせるよう心がけてきた。

野菜が苦手で肉が好きというわかりやすい嗜好《しこう》の持ち主である江南のために、肉と野菜を上手に組み合わせたメイン料理を作るのが、篤臣は得意である。

たとえば細切りにして茹《ゆ》でたニンジンやインゲンを薄切り肉で巻き、それをフライパンで炒《いた》めて甘辛い味をつけたものなどは、最初、「なんやアレやな、詐欺みたいな料理やな」と渋っていた江南も、今では大好物の一つだ。

巻く野菜や肉の種類を変えればバリエーションはいくらでも広がるし、焼くだけでなく、衣をつけて揚げても旨《うま》いので、篤臣にとっても重宝な献立となった。

そんなふうに料理に工夫を凝らすのは楽しい行為だが、こうも毎日家に帰ってこられるようなら、もっと健康的な食事を作ってやりたいというのが主夫の向上心というものだ。

しかし、旅に出れば気分が乗って魚料理でも機嫌よく平らげる江南なのに、普段は帰宅して、メインのおかずが肉でないとわかると、あからさまにテンションが下がる。

篤臣に気を遣ってか綺麗《きれい》に食べてはくれるのだが、やはり、彼にとって充実した食事という言葉は、肉類と直結しているらしい。

その理由を、篤臣はいつか寝物語に江南から聞いたことがある。

江南の実家はちゃんこ鍋《なべ》屋をしているので、幼い頃から、食事といえば店で作る、いわゆるまかない料理のことだった。

まかないは料理上手な江南の母親がたいてい作ってくれたので、まずかろうはずはない。だが、食材は鍋の下ごしらえをするときに出る半端な野菜や魚のあらが中心で、子供の味覚にはいささか厳しかったらしい。しかも、店で使わない食材……特に牛肉はほとんど食卓に上らなかったそうで、そんな小児期が、江南を肉にこだわる人間にしてしまったようだ。

それを聞いてしまうと、大人になった今は好きなものを食べさせてやりたいと思う気持ちと、やはり心を鬼にして、身体《からだ》にいい食材を好き嫌いなく食べさせるべきだという正論がせめぎ合い、篤臣を大いに困惑させるのだった。

「どうしたもんかなあ……」

上の空で手だけ動かしていても、作業机の上には、きちんとアルミホイルでカバーされたビーカーがどんどん並んでいく。

ふと背後から肩にポンと手を置かれ、篤臣はビックリして振り返った。

そこには、さっきまで背中合わせの席で実験をしていたはずの楢崎が立っている。

楢崎は決して大柄ではないが、頭が小さく骨格がしっかりしているので、意外に押し出しが強い。身長は篤臣と大差ないし、年齢も同じなのだが、病院内で二人一緒にいると、楢崎はちゃんとドクターとして扱ってもらえるのに、篤臣はいまだにポリクリ中の学生と間違われることがある。

まったくもって理不尽だと思いつつ、篤臣は、クールでインテリジェントだが、どこかすかしたところのある楢崎の顔を見上げた。

「ご、ごめん。何?」

「いや。こちらこそ、考え事をしているのに邪魔をしてすまんな。……もしや、深刻な悩み事か？　俺でも相談に乗れるなら、先にお前の話を聞くが」

皮肉でもなんでもなく、楢崎は真顔でそう言った。

他人とはキッパリと一定の距離を置くくせに、楢崎はたまにこういう優しさというか、まめなところを見せる。おそらく、篤臣が本当に相談を持ちかけたら、それなりに……つまり、彼の興味の赴く範囲、あるいはあまり面倒な目に遭わない範囲で力になってくれるだろう。

実際、以前、篤臣が虫垂炎で危機的状態に陥ったときも、彼は同じマンションに住むよしみで篤臣をK医大に運び、内科的検査の段階まで立ち会ってくれた。

そういう、優しいところと冷たいところが複雑に入り交じっていることが、楢崎という人間をミステリアスに見せているのだろう。あるいは、彼がやたら女性にもてる理由には、エリート然とした涼しげな容姿だけでなく、そのあたりの要素もあるのかもしれない。

なんとなくそんなことをぼんやり考えていた篤臣は、目の前で軽く手を振られ、ハッと我に返った。

「あ、悪い。そ、それでなんだっけ」

楢崎は、フレームレスの眼鏡《めがね》越しに篤臣を胡乱《うろん》げに見やり、小首を傾《かし》げた。ダブルのパリッとした白衣といい、気障《きざ》な仕草といい、イヤミすれすれのスマートさだ。

「ちょっと質問があったんだが、忙しいならあとにする」

「ああ、いや。違うよ。ちょっと考え事してただけ。暇なのは、見りゃわかるだろ。それで？」

すると楢崎は、少し困った顔で自分の席に戻り、スツールに腰を下ろした。

「ほら、俺はこの前から、大腸癌《だいちょうがん》患者のＤＮＡ変異について調べているだろう？　自分なりに条件検討をしているんだが、どうにも期待した結果が出ないんだ。悪いが一度、見てくれないか」

同級生といえども、ここ法医学教室においては篤臣が指導役であり、楢崎はあくまで客人の立場である。それをわきまえている彼は、篤臣を煩わせないように、ひととおり自分で調べたり考えたりした上で、解決できない問題だけを持ってくる。

そんな楢崎の性格を考えれば、相当困っているのだろう。篤臣はすぐにラテックスの手袋を外し、手を差し出した。

「いいよ。実験ノート、見てもいいか?」

「無論だ。……悪いな、作業中に」

「何言ってんだよ。俺はお前の指導役を城北教授から言いつかってんだから、もっとなんでも言ってくれていいんだってば」

そう言いながら実験ノートを受け取った篤臣は、少し角張る癖はあるが、読みやすく綺麗な字で書かれたページをぱらぱらとめくった。

どこを開いても、サンプルとその保存状態について、使用した試薬やキットについて、利用した器具や機械について、そして実験手順について、詳細に記載されている。

実習に回ってくる学生たちに、お手本として見せてやりたいようなノートだった。

「お前、ホント几帳面だよなあ」

つくづく感心しながら、黒・赤・青・緑で色分けされた電気泳動データを子細に眺め、篤臣はうーんと唸《うな》った。

「PCR増幅の条件と、泳動条件は……うん、新鮮なサンプルだから、このスタンダードなやり方でいいと思う。っていうか、ずっとこのやり方で問題なくいってたんじゃなかったっけ？」

「そうなんだ。今回も、いつもと同じにやっているつもりなんだが、どうも上手くいかん。以前、お前がサジェストしてくれたように、俺が調製した試薬がまずいのかとすべて作り直したりもしたんだが、結果は変わらなかった。どうにもお手上げでな」

「ん……。なるほどなあ」

ノートとデータを照らし合わせ、篤臣はしばらく考えてから、妙に気の毒そうな顔と声で言った。

「うーん。こう、いろいろ難しいことをさんざん考えたんだろうから、あっさり言っちまうのは悪いかもしれないけど……」

「何を言う。わかったことがあるなら、率直に言ってくれ。ここでは、俺はお前に教わる立場なんだから」

そう促されても、やはり言葉を選びつつ、篤臣は遠慮がちに指摘した。

「これさあ。お前、初っぱなのDNA抽出の段階で、微妙にしくじってないか？」

それを聞いて、楢崎は珍しいほどポカンとした顔つきになった。半開きの口から漏れたのは、まさに呆然《ぼうぜん》を絵に描いたような声である。

「なっ……う、嘘《うそ》だろう?」

「いや、マジ。これってさ、俺の専門の陳旧・汚染DNAを泳動したパターンに似てんだよ。ほら、このあたりとか、このあたり。いわゆるラダーができてるだろ。これって、人間ののじゃないDNAが増えた証拠だと思うから……まあ、はっきりいえばアレだ、DNAサンプルが汚染されてると考えるべきだと思う」

「………」

楢崎は、薄い唇をひん曲げて不満げに沈黙していたが、やがて嘆息し、肩を竦《すく》めた。

「なるほど。専門家の見立てに、間違いはあるまい。……基本的な作業にはすっかり慣れたと思って、気を抜いていたかもしれん。サンプルはたっぷりあるという油断もあったかもしれんな。貴重な時間と試薬を無駄にした」

楢崎は悔しげに、机の上にあったピペットマンを手に取り、慣れた手つきで弄《もてあそ》んだ。

忙しい仕事の合間にわずかな暇を見つけてやってくるので、楢崎の実験の進みは決して早くない。それでも、DNA抽出や、目的の配列だけを増幅させるテクニックはかなり上達し、最初は学生並みにおぼつかなかった器具を操る手つきも、最近ではずいぶん様になってきた。

だが、そういう時期にこそ、気の緩みから重大なミスを起こしやすいのも確かだ。

「ま、取り返しのつかないサンプルじゃなくてよかったと思えよ。確かに時間は無駄になったかもしれねえけど、やり直しがきくんだからよかったじゃないか」

「まあな。だが、お前の教室の設備や器具を使わせてもらっているんだ。いろいろ無駄にしてしまって申し訳ない」

篤臣の慰めに、楢崎はそんな生真面目《きまじめ》な謝罪の言葉を口にする。篤臣はそれをからりと笑い飛ばした。

「何言ってんだよ。それを言うなら、自宅でくつろいでたお前を、虫垂炎ごときで使い倒した俺なんて、どんだけ反省しなきゃいけないことか……って、大いに反省してるんだけどさ、あんときのことについては」

「そっちこそ何を言ってる。それに関してはむしろ、もっと早く俺を捕まえるべきだったんだ。そうすれば、腹を開かれることもそのあと頭痛でのたうち回ることもなく、薬で散らせたものを」

「……だな。マジで俺、医師免許は持ってても、医者じゃねえなあってしみじみ痛感した。虫垂炎なんて、わかりそうなものなのに」

「誰《だれ》しも、専門外のことと自分のことはわからないものだ。気にするな」

「なんだよ、今度は俺が慰め返される番か？」

篤臣はクスリと笑い、楢崎もわずかに口角を上げた。

「これであいこだな。……とと、そうだ。べつに虫垂炎のことで恩を売りたいわけじゃないと先に断ってから言うんだが、お前と江南に頼みたいことがある」

極めてプライドが高く、滅多に人に頼み事などしない楢崎の珍しい言葉に、篤臣は軽い警戒の色を見せつつ、「なんだ?」と訊《たず》ねた。

楢崎は薄く笑って片手を振る。

「そう構えるなよ。たいしたことじゃない」

「じゃあ、さっさと言えよ。なんだよ」

なおも怪しむ篤臣に、楢崎はさりげなく言った。

「お前と江南が、今夜、食事につきあってくれないかと思ってな」

「食事?」

篤臣はキョトンとして意外な言葉を鸚鵡返《おうむがえ》しにした。

確かに楢崎とは、例の虫垂炎事件以来、より仲よくはなった気がするが、それでもプライベートなつきあいはほとんどない。

実は一度、篤臣は入院時に世話になったお礼にと楢崎を食事に招こうとしたのだが、きっぱりと断られた。

言葉はソフィスティケートされていて、あくまでも慇懃な調子だったが、要約すれば「別段、極めて親しいわけでもないのに、プライベートな時間を割いて、野郎二人と食卓を囲む趣味はない」というにべもない理由だった。

そんなすげない態度を取った楢崎に、今さら逆に食事に誘われるとはどういうことかと、篤臣が訝《いぶか》しんでも無理のないことである。

だが楢崎は、もう一度血液サンプルからDNAを抽出するための準備をしながらこともなげに頷《うなず》いた。

「そうだ」

「お前と？　どこで？」

大きめのチューブに油性マジックでナンバリングしながら、楢崎は淡々と答える。

「病院の近くの、Tってイタリアンレストランだ。聞いたことはないか？」

「あー、名前だけ。行ったことはまだないな。江南がお気に入りのトラットリアがそのすぐ近くにあってさ。普段はそっちばかり行くから」

「ああ、Tボーンステーキが旨いとかいう店か。行ったことがないなら、ちょうどいいじゃないか。新しい店を試せるいい機会だ」

「……ま、まあ。でも……お前と三人で？」

「まさか。野郎三人で飯を食っても不気味なだけだろう」

「だよな。じゃあ、ほかにも……？」

楢崎はようやくそこで篤臣の顔を見た。

「ああ。ちょっとした食事会だよ。俺を含めて、男はドクターばかり四人。それと女性が六人。薬剤師がほとんどだと聞いているが、ほかの仕事に就いている人も交じっているかもな。女性の誰にも俺は面識がないので、そのあたりハッキリしたことはわからん。そもそもは消化器内科のナースの友人たちだそうだ」

それを聞いて、ようやく事態が飲み込めた篤臣は、どうにも複雑な表情になった。

「な……なんだよ。それって、いわゆるアレじゃねえのか。合コン?」

「まあ、そうとも言う」

涼しい顔であっさり肯定した楢崎とは対照的に、篤臣はひどく渋い顔でかぶりを振った。

「待てよ。こういうことを正面切って言うのも嫌だけどさ。合コンってのは、つきあう相手を探すための集まりだろ? 俺も江南も、そういうところに出席する資格はもうないよ。その、俺たち……あいつが言うところの所帯持ち、だし」

「そう難しく考えるな。単なる頭数合わせだ」

「頭数って……」

唖然《あぜん》とする篤臣をよそに、楢崎は淡々と言葉を継ぐ。

「言葉のとおりの意味だ。当初はこちらも独身の男性ドクターばかり六人揃《そろ》えていたんだが、二人、急用で行けなくなってな。このままでは、数が合わなくて合コンが成立しがたいし、こちらの誠意も疑われかねないだろう? 一応、仕切りを仰せつかった人間としては、どうにも具合が悪いんだ。悪いが、俺を助けると思って、なんとか頼めないか?」

「そんなこと言われても」

篤臣は困り顔で眉《まゆ》をひそめた。

「なんだ、もう先約があるのか？」

「違うよ、そういうことじゃないけど……」

「だったらなんだ？」

篤臣は優しい目に隠しきれない不快感を滲《にじ》ませ、楢崎に言った。

「それって、人数云々《うんぬん》よりずっと不誠実な話じゃないか」

「ああ？」

むしろキョトンとしている楢崎に、篤臣は焦《じ》れて彼にしては棘《とげ》のある口調で話を続ける。

「だってそうだろ？　そりゃ、数だけはきっちり揃って体裁は整うかもしれないけど、そのうち二人は最初からそこにいる女の子の誰ともつきあう気がないなんてさ」

「おや？　謙虚なお前にしては、ずいぶんと自意識過剰だな。女の子たちに目をつけられること前提か」

「……ッ。そ、そういうことじゃ！」

からかわれるとすぐにムキになる篤臣に、楢崎は軽く手を振ってニヤリと笑った。

「冗談だ。というより、こっちもお前たちを誘いたいのはそういうことだ」

「そういうことって……」

「お前と江南なら、ただ座って二人で喋《しゃべ》っているだけでも、女の子たちには魅力的だろうってことさ。たとえつきあうチャンスがなくても、目の保養をして帰れるんだ。それで十分だと思うがな」

「んなわけないだろ。やっぱ詐欺だよ、そんなの」

「やれやれ、お前は思ったよりお堅いんだな」

「堅いやわらかいの問題じゃなくて、単純に嫌なんだよ、そういうの」

「ふむ。そこまで突っぱねられては無理強いもできないが……しかし、困ったな。今日になって急に欠員が出たから、めぼしい連中は皆、先約があってな。どうにも補充の都合がつかないんだ」

篤臣は、早くこの話題から離れたくて、彼にしては無愛想な切り口上で言い返す。

「知らねえよ、そんなことは。とにかく、俺はそういうのは遠慮するから」

あまりにも頑《かたく》なに拒絶されて、いつもはポーカーフェイスの楢崎も少しムッとしたらしい。作業の手を止め、手袋をしたまま、片手で眼鏡を押し上げた。

「なんだ、お前も意外と口だけだな」

冷ややかな言葉に、篤臣もカチンときたのか即座に反応する。

「どういうことだよ」

予想どおりに篤臣が食いついてきたので、楢崎は心の中ではほくそ笑み、顔のほうは器用なまでの厳しさを装って言葉を返した。

「だってそうだろう。こっちだって恩を売る気はないが、以前、虫垂炎でお前を病院に運んでやったとき……永福《えいふく》、お前言ったよな。『お前の役に立てることがあったら、きっと恩返しするから』と。あれはそのときだけの綺麗事か」

「うっ」

いきなり過去の自分の発言を持ち出され、篤臣は軽くのけ反った。

「そ……それは、確かに。だけど、恩返しが合コンだなんて思わなかっ……」

「職業に貴賤《きせん》なし、行事に優劣なしだ。俺にとっては、ルックス抜群のお前たちが参加してくれれば大きな助けになる。だいたい、べつにアレだ、女の子を持ち帰ってどうこうしろとまで要求しているわけじゃない。ただ数時間、皆で楽しく飲んだり食ったりしてくれるだけでいいんだ。それがなんだって、俺のモラルを咎《とが》められるような話になっているのか、理解に苦しむ」

「う……ううう」

本気で少し腹を立てているらしき楢崎のきつい言葉に、篤臣は唇を噛《か》んで言葉を失う。

楢崎の言うこともわからないではないのだが、生真面目な篤臣は、やはり今の自分がそういう場所に参加するというのは、事情を知らない女性たちに対して失礼だという気持ちを捨てきれない。

楢崎の役に立てるなら、恩返しのいい機会だと思いつつも、やはり「うん」とは言えない篤臣に、楢崎は小さく息を吐いてこうつけ足した。

「それに、さっきから『俺たち』と言っているが、それはお前の意見だろう？　江南はどうだろうな」

篤臣はギョッとして顔を上げた。

「それは……。だけど、江南だって」

「江南だってお前と同じ考え、か？　どうだろうな。そういや学生時代、お前は合コンに一度も顔を出さなかったが、江南は何度か来ていたぞ」

「そ、そんな昔の話を持ち出されてもっ」

「あの頃、確か江南は片瀬《かたせ》渚《なぎさ》とつきあってたはずだ。どうやらあいつのほうが、お前よりそっち方面のモラルは緩いようだし、声をかけてみればあるいは……」

「あのな……！」

今にして思えば、互いの関係がいちばん微妙だった頃のことを持ち出され、篤臣はさすがにカッとして腰を浮かせかけた。だがそのとき、最悪のタイミングで実験室の扉が開く。

「おい、篤臣、邪魔すんで……と、なんや。楢崎も来とったんか」

「…………」

ヒョイと顔を出したのは、半袖《はんそで》ケーシー姿の江南だった。袖が手首にまつわりつくのを仕事中は嫌う江南なので、だいたい病院内ではオールシーズン半袖で過ごしている。

今、ある意味いちばん来てほしくなかった人物の登場に、篤臣は思わず眉間《みけん》を片手で押さえた。そのリアクションに、江南は不思議そうな顔をする。

「なんや？　頭でも痛いんか、篤臣」

「……違う意味で頭が痛い……」

「あ？」

「いや、こっちの話だ。いいところに来てくれたな、江南」

楢崎のほうは、運命は俺に味方したとでも言いたげに、胸を張って立ち上がる。

「……いいから、まあ、座れよ」

こうなったら、楢崎はひとくさり話をするまで江南を返すまい。そう思った篤臣は、半ばやけっぱちの思いで江南にスツールを勧めたのだった……。


「はーん、なるほどなあ」

楢崎から合コンの話をざっと聞かされた江南は、ようやく納得したように、ずっと無言の篤臣をチラと見た。

興味などないふうを装って、チップを詰めたビーカーを乾熱オーブンに入れに行ったり、蒸留水を補充したりと実験室の中をうろつき回っていた篤臣だが、ついに手持ちぶさたになり、元の席に戻ってブスッとしている。

どう考えても、合コンなど願い下げという顔つきだ。

（こいつ、そういうとこはきっちりしてるからなあ……）

楢崎はあえて篤臣の反応を語りはしなかったが、そんなものはわざわざ聞かなくても、今の篤臣の顔を見れば火を見るよりも明らかだ。

とはいえ、楢崎が困っている事情も、過去に一度ならず合コンに参加したことのある江南にはよくわかる。合コンの主催を引き受けて、人数が揃わなかったというほど恥ずかしいことはないだろう。

「ほかの業種の知り合いやったらあかんのんか？　お前やったら、あっちこっちに顔が広いやろに」

江南がそう言うと、楢崎は顰めっ面で首を振った。

「それなら話は簡単なんだが、先方がドクターをご所望でね」

「なるほど。そら難儀やな」

「そうなんだ。永福に、虫垂炎事件の恩返しはこれでいいと言ったんだが、まったく乗り気じゃないようでな。それならせめて、相方のお前に頼めないかと」

楢崎はそう言って、江南と篤臣の顔を見比べた。

「せやけど俺、今日はそんなつもりやなかったから、完璧《かんぺき》に普段着やぞ？」

江南はそう言ってみたが、楢崎は即座に答えた。

「かまわないさ。本当に、合コンというよりはカジュアルな飲み会みたいなものなんだ。永福が考えているような、バブル期のアレじゃない」

「さよか……」

江南は、形のいい顎《あご》を撫《な》でながら考えた。

他人の行動にはほとんど興味を持たず、これまで無理強いなど一度もしたことがない楢崎が、なりふりかまわず恩返しを要求するなどよほどのことだ。きっと、もうどうしようもないほど人数合わせに苦慮しているのだろう。

一方で、篤臣が「今さら合コンに自分たちが参加するのは、女性たちに失礼だ」と感じていることも、ふてくされたように窓の外を向いている横顔を見れば手に取るようにわかる。自分が参加したくないだけでなく、江南にもそんな場所に行ってほしくないと思っていることも。

数十秒、めまぐるしく頭を回転させた江南は、楢崎にこう言った。

「ちょー、篤臣と二人で相談さしてくれ」

楢崎は頷き、すぐに席を立つ。

「かまわないよ。では俺はセミナー室でお茶でも飲んでいよう。話がまとまったら呼んでくれ。……だが、できるだけ手短に頼むぞ」

「わかっとる」

楢崎が扉の向こうに消え、セミナー室の扉が開閉する音を確かめてから、江南はふくれっ面の恋人に声をかけた。

「篤臣。こっち向け」

「…………」

無言のまま、篤臣はスツールをくるりと回転させ、身体ごと江南のほうを向いた。だが、視線は床に落ちたままだ。江南は苦笑いして、篤臣の癖のあるやわらかな髪にポンと手を置いた。

「そない怒るな」

「……だって。相談ってことは、お前、合コン行く気なんだろ？　つか、行ってもいいって、ちょっとは思ってんだろ？」

頑固に俯《うつむ》いたまま早口に言った篤臣の顔には、「傷ついてます」とでかでかと書いてある。篤臣にしてみれば、江南も、自分と同じようにきっぱり断ってくれるものと信じていたのだろう。それが、「相談させてくれ」と言われて、早くもショックを受けているに違いない。

そんな篤臣を宥《なだ》めるように、江南はクシャクシャと頭を撫でてこう言った。

「べつに行きたいわけやない。速攻で断ろうかとも思うた」

「だったら、なんで！」

「……ええから、話をするときは、ちゃんとこっち向け。俺には、お前のつむじと会話する趣味はあれへんぞ」

頭を撫でた大きな手が、そっと篤臣の細いオトガイにあてがわれる。その手に促されるように、篤臣は渋々顔を上げた。ようやく正面、それでも少し上目遣いに見た江南の顔には、少し困った笑みが浮かんでいる。

駄々っ子扱いされたようで腹立たしくなり、篤臣はよけいにつっけんどんな口調で江南を詰問した。

「向いた。だからどういうつもりか言ってみろよ。お前、最近オペ室の工事のせいで時間ができて、昔みたく遊びたい気分になってんじゃないのか？　毎日真っすぐ家に帰ってくるだけじゃ退屈で、俺以外の奴と遊んだり、合コン行ったり……」

「アホ」

笑ってそう言い放つと、江南は篤臣の顔を覗《のぞ》き込んだ。いつもより幼く見える膨れた頰《ほお》を、両手で挟み込む。

「ヤキモチは嬉しいけど、俺の愛情を見くびったらアカンで、篤臣」

「…………」

「珍しく毎日家に帰れて、お前が毎晩工夫して作ってくれる晩飯を熱々のうちに食えて、ようけえ喋れて、一緒にテレビ観《み》てゴロゴロできて……。普段なかなかできへんことをしまくれて、ここしばらく俺は滅茶苦茶《めちゃくちゃ》楽しいんやぞ。ほかの娯楽なんぞ、入り込む余地があれへんわ」

江南の言葉に嘘がないことなど、最初からわかっている。江南を疑う気持ちは微塵《みじん》もないが、それでも篤臣は、合コンに行こうとしている江南を咎めずにはいられない。それがヤキモチだと自覚できるほどの余裕も、今の篤臣にはなさそうだ。

「……だったら、なんで」

ボソリと非難だか質問だかわからない言葉を吐き出す篤臣に、江南は真っすぐな眉をハの字にした。

「なんでって……。お前らしゅうもない台詞《せりふ》やな。ちょっと冷静になって考えてみい。あの楢崎が、あんだけ食い下がるんや。よっぽど困ってるんやで。そう思わんか?」

江南にそう言われて、初めてそのことに思い至ったらしい。篤臣は難しい顔のままだが、

「あ」と小さな声を上げた。

「あの『ええかっこしい』な男が、自分が売った恩を持ち出すなんて、切羽詰まっとる証拠や。せやし……顔出すだけであいつの面子が立つんやったら、行ってやってもええん違《ちゃ》うかと俺は思う」

それを聞いて、篤臣はギュッと唇を引き結んだ。江南は穏やかに言葉を継ぐ。

「確かに気は進まんし、お前、そういうのは女の子たちに悪いと思ってるんやろ?」

篤臣は頬に触れる江南の手を振り払い、深く頷く。

「それはそうかもしれへん。俺も、お前に今さら合コンなんか行かせとうない。お前も絶対行きたくないんやろ?」

また、篤臣は黙ってこっくり頷く。

「わかっとる。お前には、そないなことはさせへん。けど……やっぱしここは、楢崎の顔も立ててやらなアカンの違うかと思うんや」

篤臣は、相変わらず不満げな顔で、ようやく口を開いた。

「じゃあ、やっぱりお前だけ合コンに行くってことか?」

「せや。ずっと真面目やったお前と違って、俺には過去にやんちゃしとった経験がある。合コンがどんなもんか知っとるし、ああいう場所で雰囲気を盛り上げるんは、それこそ昔取った杵柄《きねづか》っちゅうやっちゃ」

「それは……なんとなく想像つく。学生時代のお前って、日頃は醒《さ》めてるくせに、イベントごとになるとなぜかいつも中心にいたもんな」

江南は笑って頷く。

「せやから、適当につきあって、適当なとこで抜ける。それやったら、楢崎の顔をつぶさんでも済むし、女の子も、ああ、あいつはそういう賑《にぎ》やかし役やねんなーてわかってくれるやろ」

「……そういう……もんか？」

「おう。お前はなんも心配せんと、家で待っとったらええ。お前が無理して行かんでも、俺がもうひとり誘って連れて行ったら、それで楢崎は納得するやろし」

篤臣は、優しい目を見開いた。

「もうひとり……って、お前、まさか」

江南は悪戯《いたずら》っぽく笑って片目をつぶった。

「お前の思うとおりの奴や。あいつやったら、二つ返事で来よるやろ。……あんな、篤臣。俺が合コンに行きたくて行くわけやないっちゅうことだけは、わかっといてくれや？　ただ、俺としては、大事なお前が危ないとき、楢崎に世話かけてしもたちゅう思いがごっつ強いねん。あいつが駆けつけてくれへんかったら……病院に運んでくれへんかったら、お前、虫垂が腹ん中で破裂して、もっと大ごとになっとったかもしれへん」

それに関しては、当事者の篤臣も素直に同意する。

「……うん。そのことについては、俺も楢崎にすごく感謝してる」

「せやろ？　その恩を、できるだけはよ返しときたいちゅう気持ちもあってな。まあ、恩返しっちゅうより、借りを返すって感じやけど。なあ、篤臣。嫌やろけど、俺のこと信じて、行かしたってくれへんか？」

しばらく黙りこくっていた篤臣は、滅多に見られない心底むくれた顔で、頬杖《ほおづえ》をついてボソリと言った。

「べつに、お前を疑ったことはないし、信じる信じないの問題じゃない。……そういう理由なら、ホントは俺も行かなきゃって思うけど、でも」

「無理せんでええ。それになんやったら、帰ってきた俺を身ぐるみ剝《は》いで、全身チェックして浮気してへんことをたしかめてもええぞ。むしろ大歓迎や」

「……バカ」

ようやく小さな笑みの戻った篤臣に、江南もホッとした様子で念を押した。

「行ってもええな？　そんで、例の入院騒ぎの件はチャラや。今後、これをネタに楢崎に無茶は言わさへん。わかったな？」

「……うん。ごめんな。もともとは俺のせいなのに、お前ひとりに行かせたりして。……しかも、お前のこと、責めるみたいなこと言ったりして。俺、なんかあんまりビックリする誘いのせいで、ちょっと頭に血が上ってたかも」

江南と話しているうちに、だんだん気持ちが落ち着き、いつもの篤臣らしい思考能力が戻ってきたらしい。篤臣は、恥ずかしそうにそう詫《わ》びた。

「そこでまったく動揺されへんかったら、そっちのほうが怖いやないか。それに、俺らはもう合コンに行く資格はあれへんっちゅうお前の言い分は、もっともやと思うで。俺はあくまでもそれを頭にぶっ込んだ上で、楢崎の顔を立てるためだけに行ってくる。女の子たちに気ぃ持たさんようにも気をつける。約束するからな」

「……わかってる」

篤臣は頷き、それでも真顔で注意を促した。

「でもさ。マジで気をつけろよ。お前にその気はなくても、相手がその気になっちまうことがあるんだからな。……そ、その……なんていうか、お前……ええと、わりと……か、か、かっこいい……かもだし」

最後のほうは盛大に照れながらの発言に、江南は屈託なく相好を崩した。いつもは無愛想な顔が、笑うと一気に人懐っこくなる。

「お前はホンマ、不意打ちで嬉しいこと言うてくれるなあ、篤臣。かっこええ旦那《だんな》を持って、幸せやってか」

「だ、誰もそこまでは言ってな……なんだよ」

小さな子供にするように、両脇《りょうわき》に手を入れて無理やり立たされ、篤臣は不平を言いつつもおとなしく立ち上がる。すると江南は、そんな白衣姿の篤臣を、いきなりギュッと抱きしめた。

「ぎゃッ！」

行為自体は慣れたものでも、場所が場所である。思わず奇声を上げてもがく篤臣を、江南は腕力差にものを言わせてさらに抱きすくめた。

「ちょ……な、何してんだ、こんなとこでッ！　楢崎が来たら……」

「来ぉへん。あいつはそういうことに関してだけは、空気の読める男や」

「だからって！　ここ、職場……」

「職場でもどこでも、やるべきときにやるべきことをやっとかんでどないすんねん」

「やるべきことってなんだよ！」

「愛情の確認や！」

「…………」

あくまでもてらいも迷いもない江南の言葉に、篤臣は諦《あきら》め半分、呆《あき》れ半分で身体の力を抜いた。モラリストぶってみても、江南の力強い腕に抱きしめられ、自分より高い体温に包み込まれ、ケーシーに染みついた消毒薬の臭《にお》いを嗅《か》ぐと、心は勝手にほどけてしまうのだ。

「頭でわかっとっても、身体で確認せえへんと、人間て安心できへんもんやろ」

「……ん……」

ゆっくりと近づく野性的な顔を、篤臣はもう拒みはしなかった。重ねられる唇を、自分から迎え入れる。深いが、互いの心をたしかめ合うような静かなキスのあと、篤臣は江南の肩にコトンと額を当てた。

「……なんか、きつい言い方して悪かった」

すっかりいつもの篤臣に戻ったことにホッとしつつ、江南はかぶりを振った。

「かめへん。お前が俺に惚《ほ》れてるっちゅう証拠やからな。……まあ、今日はちーとばかし帰りが遅くなるやろけど、先に飯食うて、寝とってええからな」

「わかった。あの……」

篤臣は顔を上げ、思い切ったように言った。

「どうせ行くんだから……その、恋愛沙汰《ざた》はごめんだけど、それ以外は楽しく過ごしてこいよな。俺は家でのんびりしてるから」

せいいっぱいの篤臣の気遣いに、江南は笑って頷いた。

「わかった」

照れて俯いてしまった篤臣のつむじにキスを落として、江南は篤臣を名残惜《なごり》しそうに解放した。

「ほな、楢崎に話をつけてくる」

「うん。……あ、江南」

実験室を出て行こうとした江南の背中に、篤臣はふと気づいて声をかけた。

「あ?」

「お前、そもそもどうしてここへ来たんだ? 何か俺に用事があったんじゃ?」

振り返った江南は、少し残念そうに首を振った。

「いや。たいした用やないねんけどな。こないだ湯河原行ったとき、最後の日の昼に食うた鯵《あじ》のフライが妙に旨かったな～て思うて。せっかく家で夕飯食えるねんから、お前の作った鯵フライが食いたいて言おうと思ってたんや」

「……あ……」

あまりにタイムリーな発言に、篤臣は思わず目を見張る。

肉ばかりの夕飯に頭を痛めていたところに、鯵フライのリクエストとは、あまりにも嬉しすぎる。揚げ物というところはマイナスポイントだが、そこは工夫次第で油を減らすことができるだろう。

互いの気持ちが通じ合っていることがこんな些細《ささい》なことでわかった気がして、篤臣は嬉しくて微笑《ほほえ》んだ。

「わかった。今日は駄目だけど、今度作ってやるよ。店で食ったより旨いやつを」

「おう。楽しみにしとる。ほなな」

片手を挙げて、今度こそ江南の姿は扉の向こうに消える。

「………」

パタンとゆっくり閉じた扉を見遣《みや》りながら、篤臣はのろのろとスツールに腰を下ろした。

「……たぶん、たいしたことじゃないんだよな、こんなの」

ボソボソと呟《つぶや》きながら、篤臣は思わず自分の腕をさすった。ついさっきまで江南に抱きしめられていたせいで、白衣を着ているのに腕がすーすーして物寂しい。

「そうだ。単純に、穴埋め要員として食事会に行って、適当に喋りながら旨いイタリアンを食べて帰ってくるだけだ。……それだけだ」

たいしたことじゃない、俺が潔癖すぎるだけなんだ、心配する必要はない……そう何度自分に言い聞かせてみても、どうにも気持ちがスッキリしない。

篤臣は複雑な思いで、のろのろと残った実験室メンテナンスの作業を再開したのだった。

二章　この腕は君を抱くために

その日の午後七時。

江南は仕事を終え、更衣室でケーシーを脱ぎ捨て、私服のポロシャツに着替えていた。

いつもなら、まだ手術室から出てくるかこないかという時刻だ。消化器外科にしては破格の早上がりだが、本当の意味での「仕事場」である手術室がフルに使えない現状では致し方ない。

受け持ち患者たちも皆、容態が安定しているので、後顧の憂いなく職場をあとにできる。

江南にとっては、またとない早帰りのチャンスなのだが……。

「家に帰れるんやったらまだしも、合コンやもんな」

思わず、そんな言葉が漏れた。

確かに学生時代は、同級生の恋人がいる身でありながら、しょっちゅう誘われて合コンに参加していた。

学生時代から、篤臣はそういうことを嫌っていて、「やめろよな、そんなだらしないことすんのはさ」と非難がましい目で江南を見たものだが、江南自身は、そんなことを気に留めもしなかったし、篤臣が嫌がる理由もまったく理解できなかった。

篤臣がその手の苦言を呈するたびに、どうしてこいつはこう年寄りくさい道徳観を振り回すのだろうと、正直鬱陶《うっとう》しく思ったこともあるほどだ。

『本気にさえならなきゃ、合コンでもコンパでも、好きに行っていいわよ。モテモテの男が彼氏だなんて、ちょっといい感じだもの』

当時の恋人、片瀬渚がそう言って咎めなかったせいもあるが、つきあっていると言っても将来の確約があるわけでなし、ひとりの人間に縛られるいわれはないだろうと江南は考えていた。

(今にして思えば、渚の奴も……ホンマは嫌やったんやろか)

十代後半、二十代前半といえば、誰もが恋愛に関して「こなれた」ふうを装いたいものだし、まだまだ親に守られ、大人たちの力を借りているにもかかわらず、自分一人で生きていけるように過信しがちな年頃でもある。

江南はその典型例だったが、あるいは当時の恋人のほうも、せいいっぱいの背伸びをして、物わかりのいい大人の女性を気取っていたのかもしれない。

本気にならないならかまわないと言いつつも、本心では、江南がほかの女性と食事をしたり、酒を飲んだり、遊びに行ったりするのを悲しく、悔しく思っていたのかもしれない。

(昔は俺もガキすぎて、そのあたり、気づいてやれへんかったな)

遅すぎる反省に、江南の胸がチリッと痛んだ。

篤臣とて、「楽しんでこい」と言ってくれはしたし、江南が合コンに行くことにした理由も理解してはくれたが、心の底にはわだかまるものがあるに決まっている。

もっとも、今の自分には後ろ暗いところはまったくない。

今日の合コン参加は、単純に楢崎への恩返しである。同級生として、友人として、彼の窮地を救うことで、大事なパートナーの危機に駆けつけてくれた礼をする……それだけのことだ。

合コンに参加するという女性たちには興味の欠片《かけら》もないし、せいぜい、初めて訪れるイタリアンレストランの料理と酒がどれほどのものか確かめてやろうという程度のモチベーションだ。

(もう、合コンがどんなやったかなんて、半分忘れとるしな～)

昔取った杵柄と篤臣には言ったが、当時の……いきがってチャラチャラ遊び歩いていた頃の記憶など、正直、かなり遠くなってしまっている。

篤臣と一緒に暮らすようになって、人を好きになることと、その人をずっと愛し続けることの大きな差を知った。

その日一日を楽しく過ごすためだけのつきあいではなく、ともに長い時間を過ごし、互いの心を通じ合わせ、絆《きずな》を育てる生き方というのが、どれほど難しく、同時に素晴らしいものであるかも知った。

そして、二人の関係を確かなものにするためには、「言わなくてもわかっているだろう」とか「この程度のことは許してくれるだろう」という傲《おご》りは捨てなくてはいけないこと、互いのことだけでなく、周囲の人々も大切にしなくてはいけないことも知った。

特に、実の両親との関係は、篤臣がそっと江南に寄り添い、一生懸命に心を砕いてくれなければ、決して修復されることはなかっただろう。

社会人として、いや大人として当然のことを、江南はまるで幼子のように、篤臣から一つ一つ学んでいったのだ。そんな日々の中で、篤臣を弟扱いし、人生経験豊かな先輩ぶっていた自分が、本当は人間として大事なことを何一つ知らなかったと思い知らされた江南である。

「篤臣には、一生頭が上がらへん……」

思わずそんな独り言が漏れたとき、更衣室の扉が不必要なまでに勢いよく開かれ、大柄と言えば聞こえはいいが、メタボ街道一直線の大男が意気揚々と入ってきた。

言うまでもなく、それは江南や篤臣、そして楢崎と同級であり、今は江南と同じ消化器外科に籍を置く大西《おおにし》である。

学生時代、その巨体を生かしてラグビー部で活躍していた彼は、当時から、ルックスのいい江南、そしてその江南と仲がいい篤臣を目の敵にしてきた。「自分がもてないのは、こういうチャラチャラした連中がのさばっているからだ」と、勝手に逆恨みしていたらしい。

そんな彼は、医師になってからも二人にちょっかいを出し続けていたが、少し前、医療過誤の濡《ぬ》れ衣《ぎぬ》を着せられ、危うく被告席に座るはめになるところを江南と篤臣に救われて以来、かなり二人に心を開き、おとなしくなった。

とはいえ、もともとが現金で、力のある人間の傘の下に潜り込み、楽をして生きていこうとするタイプだ。決して仲よくしたい人物ではないので、江南も篤臣も大いに距離を置いたつきあいをしている。

しかしあえて今日、江南はその大西を合コンに誘った。まだ独身で、相変わらずもてないらしき大西は、二つ返事で了承し、今、大急ぎで仕事を終えて更衣室に引き上げてきたというわけだった。

「おう、江南！　お前から合コンの誘いを受けるとは、マジで寝耳に水だったぜ。ていうか、お前も行くとはな。ジュリエットは怒らないのかよ」

学生時代の演劇「ロミオとジュリエット」で、篤臣が女装してジュリエットを演じたことをいまだにからかう大西に、江南は鬱陶しそうな顔で言い返した。

「それについては、最初に説明したやろが。これは、楢崎への礼や。篤臣が入院するとき、世話になったからな」

「あー、そうだったそうだった」

わざとらしく頷きながら、大西は自分のロッカーへと歩み寄った。見ればその手には、ハンガーにセットされたスーツが提げられている。

「……なんや。スーツ取ってきたんか」

少し呆れて訊ねた江南に、大西は鼻息も荒く頷いた。

「当ったり前だろ！　合コンだぞ、江南。お前こそ、そんな粗末な普段着で行く気か？　あまあ、お前はもう所帯持ちだもんな。やる気出すわけがねえか」

「そういうこっちゃ」

「俺のほうは、まだまだ現役ハンターだからな！　学生時代から、楢崎が幹事の合コンは、たいてい女の子のレベルが高《たけ》ぇんだ。美人薬剤師揃いだろ？　今夜は俺にとっちゃ、この先の人生を左右するかもしれないビッグチャンスだぜ」

「そこまでか？」

江南は気のない相槌《あいづち》を打ったが、大西は気にするふうもなくまくし立てた。

「そうに決まってるだろうが。だってお前、将来的に開業することを考えれば、嫁が薬剤師なら万々歳だ。医院の隣に調剤薬局を出させて、がっぽり稼げる。向こうだって、それが狙《ねら》いだろうよ。いやあ、お前がこんな気の利いた集まりに誘ってくれるとはな。お前も気配りができる大人になったってことか」

「……お前やったらホイホイ来るやろと思うて誘っただけや。ま、勝手に頑張れや。ほな、先行くで」

チノパンを穿《は》き、手櫛《てぐし》で髪を適当に整えた江南は、さっさと更衣室を出た。同僚なので、ことさら関係を険しくする必要はないが、不必要に近づきたくも、近づけたくもない。

消化器外科の小田《おだ》教授は、派閥や取り巻きといった政治的なことが大嫌いで、賄賂《わいろ》やおべんちゃらに心を動かされることはないし、依怙贔屓《えこひいき》もしない。すべての医局員に等しくチャンスを与えるのが彼のやり方だ。

それでも医局でいちばん勤勉であり、外科医として伸び盛りの江南のことは、特に目をかけて可愛《かわい》がり、自分の持つテクニックを根こそぎ伝えようとしている。そこに目をつけた大西は、何かと江南にくっつき回り、自分も小田の歓心を買おうとするのだ。

しかし、呑気《のんき》そうにしているが、人を見る目はかなりシビアな小田は、大西のそういう卑しいところをすぐに見抜き、態度には出さないもののかなり嫌っている。それにまったく気づかず、自分が評価されない理由を容姿が劣るせいだと思い込んでいるあたりが、大西という男の悲しいところであり、滑稽《こっけい》で憎みきれないところでもあるのだろう。

「……はー。行くとは言うたものの、やっぱし気は進まんなあ」

ぼやきながらも、江南は医局を出て、合コン会場のイタリアンレストランへと足を向けた。

場所は、行きつけの店のすぐ近くなのでわかっている。

迷いのない足取りで歩いていると、背後から声をかけられた。

「おい、江南。待てよ。一緒に行こう」

振り返れば、パリッとしたスーツ姿の楢崎が、こちらに向かって歩いてくる。江南は、片眉を上げ、自分のポロシャツの胸を摘《つま》んでみせた。

「おい。お前もスーツか。俺だけこんなんでええのんか、ホンマに？」

「かまうものか。今回は、ドレスコードなしだからな。俺は幹事だから、一応、女性たちを不安にさせたり、失望させたりしない服装を心がけただけだ」

自分でそう言うだけあって、楢崎のオーダーメイドらしき上品なグレーのスーツは、いかにも懐が豊かで頭も切れるドクターという雰囲気を醸し出している。容姿も言動もまさにエリート然としているので、医師との合コンを所望しているという女性たちは、さぞ安堵《あんど》することだろう。

「それより、無理を言って済まなかった。永福があんなに渋っていたのに、よくお前だけでも頼みを引き受けてくれたものだと感謝している。まあ、まさかこんなことで、永福との関係がこじれることはないと思うが……」

「あるか、アホ。そこはちゃんと説明済みやし、篤臣かてホンマはわかっとる。俺かて、あいつを悲しませるようなことをする気はあれへんぞ」

江南が断言したので、楢崎はフッと笑って頷いた。

「なるほど。固い絆というやつか。体育会系だな」

「……悪いか？」

「いや、大いにけっこう。俺が個人的に願い下げだというだけの話だ。……それにしても」

言葉を切って周囲を見回し、本人が近くにいないことを確認してから、楢崎は低い声で言った。

「まさか、お前の言う『もう一人心当たりがある』というのが、大西のことだとは思いもしなかったぞ。お前たち、決して親しくはなかっただろうに」

眼鏡の奥の涼しい目からは感情が読めないが、声には、軽い非難と好奇心が交じり合っている。江南は広い肩を軽く揺すった。

「当日に声かけて、百パーセントほいほい来よるんは、あいつくらいやろ。まあ、ああいうんが一人交じっとるほうが、合コンらしゅうてええん違うか？　あいつ、わざわざ家までスーツ取りに帰ったみたいやで」

「本当か？　やれやれ、気合いが入っていることだな。……まあ、ああいうガツガツした奴というか、道化師タイプが一人いると、ほかの奴がやたらによく見えるというメリットはあるがな」

サラリと言い放った楢崎に、江南は呆れ顔で言葉を返した。

「道化師って……お前もお上品な顔して、ハッキリ言うんやな」

「お前と二人で話しているのに、言葉を飾る必要もあるまい。……ああ、あそこだな」

楢崎は、目の前の店を指さした。

イタリアンレストランというよりは、パリのビストロ風の小洒落《こじゃれ》た店構えだ。いかにも女性が好みそうで、楢崎の店選びのセンスのよさが窺《うかが》える。

「そう言うたら、お前、幹事やのに、こないゆっくりのお出ましでええんか？　準備とかあれへんのか」

江南に問われ、学生時代から数多《あまた》の合コンを主催し続けている消化器内科のクール・ビューティは、平然と答えた。

「特には必要ない。こんな小規模の集まりなら、アットホームに喋るだけでも十分だ。趣向を凝らす必要がないから、寝ていても取り仕切れるよ」

「……そういうもんか。お前、昔からこの手のことに関してはやり手やもんな」

不敵に笑った楢崎は、気障な手つきで眼鏡を押し上げた。

「まあな。こんなところに天賦の才を見出《みいだ》されても、あまり嬉しくはないが。……とにかく、何か不都合があったら俺に言ってくれ。たいていのことは丸くおさめる自信がある。法医学教室で永福に世話になっている都合上、あいつに絶交されるようなはめにはなりたくないんでな。よろしく頼む」

「わかっとる。俺もトラブルは御免や」

「よし。では行くか」

「二次会は遠慮するで?」

「わかっている」

実に簡潔な言葉の応酬をしながら、楢崎と江南はレストランへと入って行った……。

*　*

ピーッ!

ガスコンロが、設定した百六十度になったことを報せるべく、耳障りな電子音を立てる。

「この狭いキッチンで、そんなにでかい音を出す必要がどこにあんだよ」

コンロに悪態をつきながら、篤臣は小麦粉と卵に汚れた手を流しで洗った。ついでに、調理台の片隅に置いたデジタル時計に目をやる。

時刻は、午後九時を少し過ぎたところだった。

火にかけられているのは、篤臣愛用の天ぷら鍋である。本来はシチュー鍋なのだが、うっかりしていて取っ手をガスの火で溶かしてしまい、それ以降、揚げ物専用鍋として活躍させている。

「ええと……。これが、普通に小麦粉→卵→パン粉で衣をつけたやつ。こっちが、生パン粉を使ったやつ。で、これが、小麦粉と卵を合わせた付け衣→パン粉にしたやつ……と。どれがどれかわかんなくならないように、場所を覚えとかなきゃな」

一枚ずつ確認しながら、篤臣は鍋の中に衣をつけた鯵を滑り込ませていく。

そう、篤臣はさっきからずっと、鯵フライの試作に励んでいるのだった。

仕事帰りに、どうせ一人なのだから出来合いのコロッケでも買って帰ろうかとスーパーに立ち寄った篤臣なのだが、鮮魚売場の前を通ったとき、うっかり鯵を見つけてしまった。三枚に下ろしてフライにすると食べ応《ごた》えがありそうな、やや大振りの見るからに新鮮な鯵である。

もちろん、今夜鯵フライを作ったところで、合コンで夕食を済ませてくる江南に食べさせられるわけではない。

それでも、別れ際に「湯河原の定食屋で食べたものより旨い鯵フライ」をリクエストされた以上、出すからには、江南が唸るほど旨い鯵フライを食べさせてやりたい。

となれば、ひとりだと確定している今夜は、試作の絶好のチャンスだと篤臣は思ったのだ。

そんなわけで、ネットでさまざまな鯵の下処理の方法や下味のつけ方、衣のつけ方を仕入れ、興味の赴くまま、なんと六枚も鯵フライを揚げることになってしまったのだった。

パチパチと小さな音を立てて油が爆《は》ぜ、香ばしい匂《にお》いがキッチンに漂い始める。新しい油を下ろしたので、今日は衣が色づくのが遅いが、次に作るときには、ちょうどいいきつね色に仕上がるだろう。

「んー。新鮮だったんだな。身が爆ぜて不細工だけど、旨そうだ」

最初に放り込んだ鰺フライは、いい具合に揚がりつつある。長い菜箸《さいばし》でフライをひっくり返しながら、篤臣は小さな溜め息をついた。

こんなふうに作業に没頭しているふりをしながらも、絶えず頭をよぎるのは、江南のことだった。

「江南……まだ、合コン中だよな。楽しくやってんのかな。……だといいけど」

呟いた自分の言葉に、自嘲《じちょう》的な笑みが浮かんでしまう。

「独り言で嘘ついてどうすんだ。楽しくやっててほしいなんて、思ってないくせに」

油の爆ぜる音が、ひときわ小さくなってきた。魚の中の水分がほどよく抜けて、揚げ上がったというサインである。一枚ずつ、菜箸で油の中から引き上げ、軽く余分な油を落としてから、バットの上に立てて並べていく。

そんな単純な作業をしながらも、篤臣は、心がざわざわと落ち着かないことに困惑し続けていた。

「……違うんだ」

思わず、誰に対してかわからない……いや、むしろ自分自身に対する否定の言葉が漏れる。

楢崎の予想外の誘いに動揺し、八つ当たりとも言える不機嫌な言動を見せてしまった篤臣に、江南は根気よく、合コン参加の理由を説明してくれた。

江南に他意がないことはわかっているし、楢崎も、あえて江南に女の子を近づけるような真似《まね》はしないだろう。

「わかってる」

もう何度も繰り返した言葉を、また声に出してみる。

江南を信じていないわけではない。むしろ、午後のやり取りで彼の優しさや想《おも》いの深さを再認識した気がするし、実験室で抱きしめられたときは嫌がる素振りをしたくせに、本心ではとても嬉しかった篤臣である。

きっと今頃、律儀な彼らしく、合コンをほどよく盛り上げ、幹事の楢崎を助けてやっていることだろう。

それでこそ江南だと思う一方で、たとえ愛想でもフェイクでも、篤臣の知らない女性たちに、彼が笑顔を向けているのだと思うと、篤臣の胸の奥はチリチリと疼《うず》く。

「この気持ちって、なんなんだろう」

日頃から、江南に好きだ愛しているお前だけだと、いわゆる「愛の告白コンボ」を日常的に喰《く》らい続けている篤臣だけに、江南の愛情で身体も心もいっぱいに満たされていて、普段は不安を感じる暇もない。

だからこそ、江南があまり家に帰ってこられなくても、そういう意味で不安になることは、昔と違ってもうない。ただ、江南の健康面で大いに心配させられているだけだ。

だが、今夜に限っては……。

何もかも、大丈夫だとわかっている。

江南に限って、篤臣を裏切るようなことは絶対にしないと確信している。

疑念などないし、安心して待っていればいいのだと理性は何度となく諭してくる。

それでも……。

「それでも、俺、やっぱ嫌だ」

篤臣は、思わず呟いた。

「江南が……いつも俺だけを見ててほしいとか、そんなバカみたいなことを言うつもりはないけど……でも、合コンは嫌だ」

ボソボソと独り言を言いながら、篤臣は残りの三枚を揚げ油に放り込んでいく。

「そっか……。恋愛が発生することを期待されてる空間にあいつがいるのが、すっごく嫌なんだ、俺」

それに気づいた瞬間、自分の胸の中に渦巻く感情が「嫉妬《しっと》」だと気づいて、篤臣は愕然《がくぜん》とする。

「ヤキモチ……焼いてんのか、俺!? けどいったい誰相手に……あちッ」

動揺で手元が狂い、油から鰺を引き揚げ損ねた篤臣は、跳ねた油に手の甲を直撃され、思わず菜箸を取り落とした。

「あああ……何やってんだよ」

箸が床に落ち、フローリングの上に小さな油の雫《しずく》が飛び散る。綺麗好きの篤臣は、慌ててペーパータオルを取り、床を拭《ふ》こうと四つん這《ば》いになった。

その頭上から、耳慣れた声が降ってくる。

「どないしたんや？　なんか落としたんか？」

「！」

驚いた篤臣は、片手に畳んだペーパータオル、もう一方の手に拾った菜箸を持ったまま、ぺたんと床に座り込んだ。見上げた視線の先には、江南の不思議そうな顔がある。

「え……なみ？」

「おう。帰ったで」

「……おか……えり」

呆然としたまま、かろうじて反射的に返事をした篤臣の前に、江南はニッと笑ってしゃがみ込んだ。

「どないしたんや。シンデレラみたいに床掃除中か？」

目尻《めじり》にしわを寄せて笑うその顔を真正面に見ると、さっきまでみぞおちに石のようにわだかまっていた不安が、霧のように消えていく。なんだか急に泣きたいような気分になって、本当に鼻の奥がツンとしてきたことに慌てた篤臣は、ぶんぶんとかぶりを振った。

「違……ただ、油、飛んで……」

そんな要領を得ない説明をするのがやっとだったが、江南は台所の様子とその言葉で、事情を察したらしい。篤臣の手に素早く目をやると、「アカンやないか」と言い、菜箸とペーパータオルを取り上げた。

「え?」

ビックリする篤臣の手を引いて立たせると、江南は彼をシンクの前に立たせ、右手に流水を勢いよく当てた。

「あ……」

「火傷《やけど》しとる。はよ冷やさんと、あとでヒリヒリするで」

「でも床。でもって、フライ……」

従順に水に手を突っ込んだまま焦る篤臣に、江南は肩からバッグをかけたままの姿で床と揚げ物鍋を見比べ、「ふむ」と新しい菜箸を手にした。

「先にフライやな。ほっといたら焦げてまう」

そう言って、江南は揚げ物鍋の前に立つ。危なっかしい手つきだが慎重に、鯵フライをバットの先客たちの隣に一枚ずつ並べた。それからガスの火を止め、床に飛び散った油の雫をペーパータオルで拭《ぬぐ》い去り、同じ場所を濡らしたペーパータオルでもう一度拭く。

そうして床をすっかり綺麗にしてから、江南はシンクの水を止め、篤臣の手を子細に調べた。

「ほかんとこは火傷してへんな？　手の甲だけやな？」

「うん」

されるがままの篤臣は、半分魂が抜けたような顔つきで、自分の手を見下ろす。

「よっしゃ。そこ座っとけ」

篤臣をダイニングの椅子《いす》に座らせると、江南はバッグをリビングのソファーに放り投げ、部屋を出て行った。

ほどなく戻ってきた江南の手には、救急箱代わりに使っている鳩《はと》サブレーの空き缶があった。

「ほい、見してみ」

椅子を引っ張ってきて、自分も篤臣の真正面に座った江南は、あらためて篤臣の右手を取った。もう一度裏表をひっくり返して、手の甲にしか火傷がないことをたしかめると、鳩サブレーの缶の蓋を開ける。取り出したのは、抗生物質の入った軟膏《なんこう》とガーゼだった。

「いいよ、冷やすだけで十分だって」

座って待っているうちにどうにか落ち着きを取り戻した篤臣はそう言ったが、江南はキッパリと言い返した。

「アホか。でっかい水疱《すいほう》ができとるやないか。痛いやろ。立派な第二度熱傷や」

「それは……わかってるけど、でも」

「でも何もあれへん。手は医者の商売道具やねんから、大事にせな。手に傷なんか作って、そっから感染したら洒落になれへんやろが」

「……ん……」

篤臣は素直に江南に手を預けたままでいる。江南は篤臣の火傷に軟膏を塗り、上から何重にも重ねたガーゼを置いて、サージカルテープで留めた。

「よっしゃ。これで様子みとけ。軟膏で塞《ふさ》いだら、ヒリヒリおさまったやろ?」

「うん。痛くない。さすがに外科だな」

鮮やかな手際に、篤臣は感心して呟く。江南は得意げに胸を張った。

「当たり前や。とりあえず、今晩はもう水仕事禁止やぞ。傷口濡らさんようにな」

「……うん」

江南がこんなに早く帰ってくると思わなかったので、篤臣は戸惑って上手く言葉が出てこない。そんな篤臣の顔を不思議そうに覗き込み、江南は言った。

「おい、火傷くらいでそないにしょげるなや。べつに、叱《しか》ったわけやないねんで?」

「……それはわかってる。しょげてるわけでもない」

「ほな、どうしたんや?」

幼子を宥めるような調子で問われ、篤臣はいたたまれない気持ちになって、すっくと立ち上がった。そして台所から、鯵フライが載ったバットを持って戻ってきた。テーブルの上、江南の前に、バットをどんと置く。

江南は目を丸くした。

「さっきは慌てて引き上げたから気ぃつかんかったけど、ひー、ふー、みー……六枚もあるやないか。これ……もしかして、鯵フライか?」

江南の向かいの椅子に座り直した篤臣は、ムスッとした顔で頷く。

「だって……お前、飯食って帰ってくるんだから、もっと遅いと思ってたんだ。だから作ったんだ、鯵フライ」

「…………? ちょー待て。なんで俺がリクエストした鯵フライを、俺が晩飯を家で食われへん日に作ろうと…………あ……」

喋りながら、篤臣の意図に気づいたらしい。江南の顔には、再び笑みが戻る。

「あー、なるほど。俺がおらん日に、試作しとったわけやな? ほんで、俺には予行演習済みの、旨いフライを食わしてくれる気やったたんや」

「……そう」

篤臣は恥ずかしそうに頷く。江南はけっこう大振りの、立派な鯵フライを指さして篤臣をからかった。

「せやけど、試作っちゅうことは、お前ひとりで片づけるつもりやったんやろ？　こんなでっかいフライ、六枚も一気食いするつもりやったんか？」

「う……」

篤臣は顔を赤らめ、ボソボソと言い訳した。

「六枚も食えるわけないだろ、俺はお前と違って、小食なほうなのに。だけど……あっちこっちでレシピを検索したら、旨そうな味つけとか作り方とかがいっぱい出てきて……めぼしいやつ、全部試してみたくなったんだよ！　こ、これ、同じように見えて、全部違うんだからなっ！　それに……」

「それに？」

江南はあくまでも穏やかに問いを重ねる。篤臣は、ますます顔を赤くして、さっき気づいたばかりの感情を口にした。

「それに、何かしてないと……手を動かして、忙しいふりをしてないと、なんだか苦しくて仕方がなかったんだ」

「苦しい？」

篤臣は赤い顔で頷いた。

「こんなこと言ったら、俺がお前のことを疑ってたみたいに思われるかもしれないけど……

そういうことじゃなくてさ」

「おう」

江南は相槌を打ちながら、テーブルの上に置いたままの篤臣の右手に、自分の左手を伸ばした。指先をそっと触れ合わせると、躊躇《ためら》いながらも篤臣のほうから指を絡めてくる。しばらく流水に晒《さら》されていたせいか、篤臣の手はひんやりとしていた。

「油断すると、お前が合コンでどうしてるかなーって考えちまって。……いや、お前が滅多なことするわけないって信じてた。そういう意味で不安になったんじゃない。ただ、嫌だった」

「何がや」

「たとえそれが愛想でも、お前が笑ったり、参加者の女の子たちに優しくしたり……そういうのが」

「…………」

江南は何も言わない。それを、彼が呆れているからだと思って、篤臣の顔はますます赤くなった。江南の顔を見ていられなくて、視線がテーブルの上の鯵フライに落ちる。

「ち、違うんだ。普段からこんなこと考えてるんじゃない。俺のことだけ見てろ、俺にだけ笑えとか、そういうことじゃない。そんなふうにお前を束縛したいんじゃないんだ！　けど……合コンは駄目だ。だって」

「…………」

やはり黙ったまま、江南は絡めた指先で、骨の形を確かめるように篤臣の指を撫でる。そんな小さな仕草に先を促され、篤臣は再び口を開いた。

「だって……楢崎はただの食事会だって言ってたけど、それでもアレじゃないか。男女が同じ数揃うってことは、やっぱ一対一で恋愛が生まれたらいいなって思われてる空間じゃないか。で、やっぱ一緒に食事するって、こう、お互い心を開きやすい環境じゃないか。そんなとこでお前が、俺の知らない女の子たちと喋りながら、笑いながら飯食うとか……嫌だ。やっぱ俺、すごく嫌だ。つきあいでも嫌なんだ」

ずっと小声で喋っていた篤臣の声が、だんだん大きく、ハッキリしたものになっていく。

「大人げないな、なんでそんな心の狭いこと思うんだろうってずっと考えて……わかった。これがヤキモチなんだな。……可笑《おか》しいよな、相手も特定できないのに、俺、ヤキモチ焼いてた。知らない誰かを相手に嫉妬してたんだ。なんかもう、自分がこんな奴だなんて知らなくて、腹が立つやら情けないやら……。お前、俺のせいで楢崎に恩返しするはめになったってのに」

「待て」

江南はそう言うと、立ち上がった。そして、繋《つな》いでいた手を離すと、テーブルを回り込んで篤臣の前に来ると、片手を差し出した。

「こんな話、テーブル挟んでできるかい。こっち来い」

「…………」

今度は篤臣が口を噤《つぐ》む番である。江南の意図はわかるので、篤臣はおずおずと火傷をしていない左手で江南の手を取った。強い力で引っ張られ、ダイニングからリビングへと連れて行かれる。

いつもテレビを観るときに座るソファーに並んで落ち着き、江南は篤臣の肩をしっかりと抱いた。指先が腕のつけ根に食い込む感じや、昼間抱きしめられたときと同じ体温を感じると、篤臣の乱れた心も少しずつ落ち着いてくる。

「……ごめん。変なこと言った」

恥ずかしそうに謝る篤臣に、江南はフッと笑った。

「謝る必要なんかあれへんやろ。お前がヤキモチ焼いてくれるなんて、滅多にないことやないか」

「……それは……だって」

「そない落ち込まんでも、お前は十分心が広いほうやで」

江南は、肩にのせられた篤臣の頭の重みと、頬をくすぐる癖毛のやわらかさを感じながら、妙に嬉しそうな声で言った。

「俺やったら、お前を合コンに行かせること自体、我慢できへん。理由は……同じや。俺は正直、滅茶苦茶心が狭いから、ホンマやったら合コンやのうでも、ヤキモチ焼きまくれる自信がある」

「そ、そんなの」

「まあ、さすがに昔よりちーとは大人になったから、そこは我慢できるけどな。せやけど……うん、合コンはアカン。鯵フライ揚げて待つどころの話やあれへん。俺やったら、会場の窓にへばりついてしまいそうや」

「……ぷっ」

その光景が容易に想像できて、篤臣は思わず吹き出す。

「やっとこさ、ちゃんと笑ったな。……あんな、篤臣。俺がなんでこないに早《はよ》う帰ってきたと思う?」

篤臣は頭を上げ、訝しげに江南の顔を見た。

「そういえば。それでさっきビックリして、よけいに動揺したんだ、俺。……合コン、行ってきたんだろ? でも、それにしては早すぎるし……」

「途中で抜けてきた」

「えっ? だ、大丈夫だったのかよ、そんなことして」

さすがに驚く篤臣に、江南は苦笑いでかぶりを振った。

「一時間は耐えてんけどな。せやけど、こう、白々しい自己紹介とか、お互いに軽く腹を探り合うみたいな会話とか……だんだん、イライラしてきてな。なんぼ恩返しや言うても、俺はなんで大事な篤臣に寂しい思いをさしてまで、こないなとこにいてんのや……そう思うたら我慢できへんようになって、『医局から呼び出し』やて嘘ついて、出てきてしもた」

「あーあー……。お前、ホントに堪《こら》え性がないな。それじゃ、楢崎も困っただろうに」

思わず軽い小言モードに入る篤臣の額に、江南は音を立ててキスしてニヤリと笑った。

「参加するっちゅう約束は果たしたで？　あいつ、渋い顔しとったけど、何も言わんかった」

「そりゃ、女の子たちの手前、『お前、頭数合わせって言ったって、つきあい悪いぞ！』とは言えないだろう」

「まあな。……せやけど、目の前の綺麗に化粧して、ニコニコ楽しそうな女の子たちの顔見とったら、家でこう、灯《あか》りも点《つ》けんと、隅っこで三角座りしとるお前の姿が頭をちらついてな。可哀相《かわいそう》で可哀相で……」

「ちょ……、俺はそんなことしてないッ」

「うん。まあ、アレや。まさか家で鬱々《うつうつ》と揚げもんしとるとは想像できへんかったけどな。せやけど、料理で気を紛らわせようとするとか、いかにもお前らしいわ」

可笑しそうにそう言って、江南は篤臣の肩を抱いた手で、篤臣の二の腕を撫でた。長袖のシャツの下には、男にしてはやや細い腕がある。江南と違って、多少鍛えても筋肉のつきにくい篤臣の身体は、いつまで経《た》ってもどこか少年めいた雰囲気を残している。

決して華奢《きゃしゃ》ではないし、弱々しくもないのだが、若木のようなしなやかさを今も失わずにいるのだ。

「お前がそんなふうにヤキモチ焼いてくれたこと……俺は嬉しいで。そんだけお前が、俺にベタ惚れっちゅうことやもんな」

「うっ……」

「せやろ？　これでお前が平然と飯食って風呂《ふろ》入って、とっとと先寝とってみい。口ではそうしとけ言うても、家に帰ってきてガックリくるやないか。俺の存在て、その程度やったんかーって」

「た……確かに。は、はははは」

すやすや眠る篤臣を前に、ガックリ項垂《うなだ》れる江南の姿も、これまたリアルに想像できる。

「笑うなや。カワイイやろ、俺」

笑うなと言いつつ、篤臣が笑ってくれることが嬉しくて、江南の顔も笑み崩れてしまう。

「でも……大丈夫かな、合コン。女の子たち、気を悪くしてないかな。楢崎、困ってないといいんだけど」

江南が傍《そば》にいてくれることを嬉しく思いつつも、楢崎のことを心配してしまう律儀な篤臣に、江南は平然と言った。

「大丈夫や。楢崎は合コン慣れしとるから、たいていのことは丸くおさめる自信がある言うてた。それに……」

「それに？」

「大西のアホが、頼まんでも二人分大張り切りやった」

「……ああ。やっぱり大西を誘ったんだ？　そうじゃないかと思ってた」

「そら、あいつしかおれへんやろ。学生時代から、合コンの賑やかし要員やったからな」

「賑やかし要員って……」

「久々に同じ合コンに出てみたら、相変わらずやった。自分の暑苦しさに気づいてへんねん。なりふりかまわんラグビー方式のタックルが、女の子にどん引きされるっちゅう事実に、いまだに気がつかんのやな、あいつ」

「……あー……」

自分を強姦《ごうかん》未遂したことのある、好意の持ちようもない男だが、そこまで情けない有様だと、多少気の毒に思えてくる心優しい篤臣である。

「せやけどまあ、場は賑わうやろ。せやし、賑やかし要員や。……それに、本命の座には楢崎がどーんと座っとる。あいつ、今日もきっと誰かお持ち帰りと違うか」

「それも……なんだかなあ」

「まあ、恋愛は人それぞれや。俺は……お前だけや。どこへ行って、誰と会っても、真っすぐお前んとこに帰ってくる。お前が待っててくれるん、知っとるからな」

「……うん」

「帰ろうて思える場所があることも、帰って思いきり抱きしめたい奴がおるっちゅうことも、俺にはごっつい幸せなことなんや。でもって、そいつが相手かまわずヤキモチ焼くほど俺んこと好きでいてくれるてわかったら……もう、最高やないか」

「俺……べつに、お前を喜ばせたくて嫉妬してたわけじゃないぞ」

「それでも嬉しゅうてしゃーないねんから、結果オーライやないか。……な?」

最後の一言と、篤臣を至近距離で見つめる江南の切れ長の目には、ゾクッとくるような艶《つや》があった。

普段はざっくばらんでおどけてばかりの江南だが、もともと整った造作だけに、そんなふうに真顔で見つめられると、篤臣はそれだけで、どうしていいかわからなくなる。

一方で江南のほうも、いつもはしっかりしている常識人の篤臣が、たまにに動揺したり、心細そうにしていたりすると、男の庇護欲《ひごよく》が刺激され、いてもたってもいられない気分になってくるのだ。

「江南……。俺、ホントは、いったん合コンに参加するって言ったんだから、ちゃんと最後までいてやらなきゃ駄目だろって言うべきなんだろうけど」

「けど?」

先を促しつつも、江南の大きな手が篤臣の滑らかな頬を撫で、耳を掠《かす》めてうなじに差し入れられる。ゆっくり引き寄せられながら、篤臣は小さな声で続けた。

「でも……お前が早く帰ってきてくれてよかった。俺のこと忘れずに、俺のために帰ってきてくれて……すげえ嬉し……んっ……」

言葉と一緒に想いまで吸い取ろうとするかのように、江南が深く口づけてくる。篤臣も素直に唇を開き、江南の舌に侵入を許した。引き寄せられるまま、自分も江南の広い背中をギュッと抱く。

そのまま江南に体重をかけてソファーの上に押し倒され、篤臣の背中はやわらかなクッションに沈んだ。いつもは重いと文句を言う江南の体重が、今は妙に嬉しい。

「……油の匂いがする。肉屋のコロッケ思い出すな」

江南の髪に鼻を埋《うず》め、獲物の匂いを食べる前にたしかめる肉食獣のような笑みを浮かべた江南は、篤臣のコットンシャツの裾《すそ》をめくり上げた。

「ちょ……こ、ここですんのか？」

「べつにええやろ。そういう気分なんや」

「気分って……」

篤臣は慌てて室内を見回した。

そんなことをしなくても、この部屋には江南と篤臣以外いるはずがないのだが、リビングのカーテンがしっかり引かれていることをたしかめずにはいられない篤臣である。

「お前、帰ってきたとき、ちゃんと玄関の鍵《かぎ》、かけただろうな?」

そんなことまで気にする篤臣に、江南は苦笑いで頷く。

「かけたかけた。心配せんでも、誰も入ってけえへん」

「じゃあ、灯り……っ」

「消さんでもええやろ」

「よくな……あ、あっ」

よくない、こんな煌煌《こうこう》と明るい場所では嫌だ……と言い切ることができず、篤臣は上擦った声を上げた。自分はポロシャツの上に羽織ったジャケットを脱ぎもしないままの江南が、剝《む》き出しになった篤臣の脇腹を撫でたのだ。

仕事中、頻繁に手洗いをするせいで、江南の手はいつも荒れている。そのざらついた指先が、完璧に覚えた篤臣の弱いところを的確に探るので、篤臣はいつも、なすすべもなくその気にさせられてしまうのだった。

「ちょ……えな、みっ」

「ええから」

恋人の抗議の言葉を遮り、江南は篤臣のシャツを強引に頭から引き抜いた。さすがに諦めたのか、あとは篤臣が自分で脱ぎ捨てる。

「こんな……狭いとこで、不自由しながらやらなくてもいいのに……っ」

そんな不平を言いながらも、篤臣の息は早くも乱れつつある。さんざん待った江南が思ったより早く帰宅したことも、こうしてベッドまで行く暇も惜しんでソファーで抱き合っていることも、彼の遠慮がちな欲望を煽《あお》り立てる手伝いをしているのだろう。

「それがええんやないか」

不敵に言い返し、江南はジャケットを脱ぎ捨てた。自分だけ着ているのはずるいと言うように、篤臣は江南のポロシャツに手をかける。露《あら》わになった引きしまった江南の身体に、篤臣の口から熱っぽい溜め息が漏れた。

「明るいところで見ると……ホントにずるい。一緒に飯食ってんのに、お前だけ……っ」

「ええやないか。人は自分にないもんに惹《ひ》かれるもんや。俺はお前の身体、ごっつ好きやで？」

そう言いながら……そしてそれを行動で証明しようとするかのように、江南は手と唇で、篤臣の身体をまさぐり始める。

ほっそりした長い首筋や、くっきりした鎖骨の凹《へこ》みや、ささやかな胸の尖《とが》りや、余分な肉など一欠片もついていない、削《そ》げた腹……。

あちらこちらにひっそり存在する感じるポイントに指先で触れ、そのあと、舌でねっとりと舐《な》め上げると、篤臣は嬉しくなるほど素直な反応を返してくる。

漏れる息も、切れ切れにこぼす掠れ声も、しなやかに反り返る胸も、シーツを掻《か》くすらりとした脚も、すべてが江南の野生を煽った。

ジーンズのファスナーを下げ、トランクスを下ろして、江南は篤臣の半ば勃《た》ち上がったものに直《じか》に触れた。

「あッ」

急に与えられた強い刺激に、篤臣は思わず高い声を上げる。

ソファーの上で重なり合ったままなので、互いの手の動きがどうしても不自然になってしまう。そのせいで、いつもと違う愛撫《あいぶ》のやり方に、思わぬタイミングで快感を煽られ、篤臣はいつもより強く乱れた。

「やっ……あ、ああっ……」

中途半端に引き下ろされたジーンズのせいで、脚の動きが制限されている。しかも、両脚のあいだに江南の身体が割り込んでいて、強すぎる刺激に脚を閉じたいと思ってもままならない。篤臣は、苦しげに鼻にかかった声を上げた。

「ん、は、あ……ぅ」

江南の身体がのしかかっているせいで、芯《しん》を扱《しご》く彼の手の動きに合わせて自分の腰が揺れていることを思い知らされる。先走りを絡めて滑らかに動く手のひらが、反り返った芯を包み込んで動く。ざらついた親指の腹で先端を刺激されると、下腹がずしりと重くなった。

羞恥《しゅうち》と、自分だけが追い上げられている悔しさで、篤臣は江南のチノパンの前をくつろげ、ボクサーショーツに手を差し入れた。

「……あつ……い」

すでに硬くそそり立った江南のそれは、いつもより熱を帯び、大きく感じられる。篤臣の顔に浮かんだわずかな躊躇いを見てとり、江南は欲望に掠れた声で囁《ささや》いた。

「心配せんでも、準備もなしに突っ込んだりせえへん。酒入っとっても、お前を傷つけへん程度の分別はあんねんで」

「……ん……。だってお前……今日、すごくガッツガツしてる……から」

「当たり前や。ただでさえ可愛いお前が、今日はいつもの百倍可愛いねんからな」

「か……っ、あ、はっ」

可愛いとか言うな、と言い終えることすら許されず、篤臣は息を呑《の》んだ。江南が、強く腰を押しつけてきたのだ。互いの勃ち上がったものが触れ、その熱さとリアルな硬さに言いようもなく興奮する。

「けど……挿《は》れ《い》るより今日は、こうしてお前と全身、ぴったりくっついとるんがええ」

耳たぶを食みながら囁かれ、篤臣も熱にうかされたような声で「うん」と小さくいらえる。

唯一自由になる両腕で江南の背中を強く抱くと、しっとり汗ばんだ肌の下に、張りのある筋肉が感じられた。見せるためのお飾りではなく、患者のため、篤臣のために常に全力疾走の生き方が育てた、しなやかな筋肉だ。

そう思うと愛《いと》おしさがこみ上げ、篤臣は恥じらいを忘れ、自分から腰を突き上げた。不意打ちを食らい、江南がウッと低く呻《うめ》く。

「……えらい積極的やないか、篤臣。嬉しいこっちゃな」

「ん、あッ」

篤臣がささやかな「してやったり感」を味わう暇もなく、江南は下腹部を密着させたまま、大きく腰をスライドさせた。片手で篤臣の細い腰を抱き、逃げることを許さない。二つの熱が、互いの下腹に擦《こす》られ、急速に追い上げられていく。

「は……え、えな、み……っ」

後ろに挿入されると、江南に満たされたと強く感じる篤臣だが、今、こうして互いの身体を密着させて愛撫し合っていると、体温も鼓動も分かち合い、身体を一つに溶け合わせるような幸福感に包まれる。

江南も同じ気持ちなのだろう。貪《むさぼ》るようなキスを重ねながら、その合間に熱っぽく囁いた。

「このまま溶けてバターになっても、俺……悔いはあれへんな」

「……行き着く先は、ホットケーキ、かよ……っ」

こんなときに引用するにはあまりにも可愛らしすぎる表現に、篤臣は乱れた息のままで笑い出してしまう。

「バターでもホットケーキでも……お前と一緒やったら、なんでもええ」

そんな言葉とともに、江南の腰の動きがいっそう激しさを増す。

俺も……と応える余裕もなく、篤臣は絶頂へ向かって、急速に上りつめていった……。


結局、それだけでは互いの熱はおさまらず、ベッドで本格的にもう一戦交えるはめになった二人は、さすがにグッタリと横たわっていた。

いつもは、眠る前に必ずシャワーを浴びる綺麗好きな篤臣も、手の怪我《けが》のこともあり、後始末だけしてパジャマを着込んでいる。

こちらは下着だけで寝ころがる江南は、腕枕《うでまくら》した篤臣の髪を指先で弄びながら、気怠《けだる》げに言った。

「あー……三大欲求とはよう言うたもんや」

「は?」

「性欲が満たされたら、眠いんと腹減ったんが、同時にぐわーっと来た」

それを聞いて、篤臣は目を丸くする。

「なんだよ、それ。眠いはわかるけど、腹減ったって……お前、だって合コンで……」

江南はこともなげに答える。

「ああ、なんやえらい時間のかかる店で、ワインで乾杯して、前菜食うたとこで帰ってきてもうたんや。せやから、つまみくらいしか腹に入れてへん」

「げっ。そ、それを早く言えよ。……っていうか、そうか。言われてみれば、俺もまだ晩飯食ってなかった」

篤臣はふと気づいて自分の腹に片手を当てた。江南はその仕草を見て笑い出す。

「なんや、お前もか。……ちゅうか、そうや。あれがあったやないか！」

そう言うなり、江南はパンツ一枚でベッドから降り、寝室を出て行く。嫌な予感を抱きつつ、仕方なくじっと待っていた篤臣は、「……やっぱり……」と情けない声を上げた。

戻ってきた江南の手には、鯵フライの載ったバットとウスターソースのボトルがあったのである。

「お前、まさかベッドで揚げ物食う気かよ。衣がボロボロ落ちたら、全部染みになるんだぞ。どうせならあっちへ行って、お茶とか煎《い》れてちゃんと……」

「かめへん。外国の映画とかで、ベッドで朝飯食うやつがあるやないか。あれと同じやつの夜食バージョンや」

「そりゃお前はかまわないだろうけど、洗濯するのは俺……」

「あーあー、せやったら俺が洗濯機回したるから。お前干す係でええから」

「干すほうが明らかに大変だろ！　それに、畳むの誰だよ！」

「畳まんでも、そのまま布団にもっぺん着せたらええやないか。とにかく、俺はここで鯵フライを食う。そう決めた！」

しげと見た。

篤臣の抵抗を見事な宣言で封じ込め、江南はバットに行儀よく並ぶ六枚の鯵フライをしげしげと見た。

「……ほんで、これ、どこがどう違うねん。全部違うんやろ?」

「それは……だな」

篤臣はまだ不満顔ながらも、律儀に記憶を辿《たど》りながら説明した。

「これが普通に衣つけたやつ。これが、ちょっとざっくりした粗めの生パン粉を使ったやつ。これは、液体の衣を最初から作っておいて、パン粉をまぶしたやつ」

「ふむ。そこは衣の組成が違うわけやな」

「そういうこと。で、あとの三枚は、下味がつけてある。こっちは粉チーズとパセリ。これはカレー。そんでいちばん手前のは……ええとなんだっけ。あ、そうだ。梅肉としそを載っけたんだ」

「へえ。どれも旨そうやな」

「どうだろうな。すっかり冷めちまったし」

自信なさげな篤臣に、作った本人でもない江南は自信たっぷりに断言する。

「絶対旨い。お前の作ったもんで、まずいもんなんかあれへん」

「そ……そりゃどうも」

照れ呆れる篤臣をよそに、江南は熟考の末、カレー風味の鯵フライを手に取った。尻尾《しっぽ》のほうを持ち、バットでこぼれる衣を受けながらガブリと齧《かじ》る。

「小骨、取ったつもりだけど残ってるかもだから気をつけろよ」

心配そうな篤臣をよそに、一気に大きな鯵の半分ほどを口に入れた江南は、せっかくの男前な顔が台無しになるほど豪快に咀嚼《そしやく》して、破顔した。

「旨い！」

「マジで？」

篤臣も、ようやくホッとした顔になる。

「マジや。鯵フライは、普通に揚げたんにウスターソースがいちばんやと思ってたけど、カレー味もいける。っちゅうか、冷めたらカレーがいい感じに効いてきて、ソースかけるよりええかもしれんな」

「そっか、よかった。お前、どっちかっていうとシンプルな味つけが好きだからさ。どうかなーって思ったけど、カレー好きだからいいかと思って」

試作品を褒められ、篤臣の顔にもいつもの無邪気な笑みが広がる。そんな篤臣の口元に、江南は齧りかけの鯵フライを突きつけた。

「お前も食えや。ほら」

「あ……」

とっさに篤臣はフライを受け取ろうとするが、江南はそれをもう一方の手で止める。

「火傷した手を汚したらアカンやろ。ええやないか。ほれ、口開けぇ」

「……なんか子供みたいで恥ずかしいんだけどなあ……」

渋りながらも、篤臣は決まり悪そうに口を開ける。ヒナにエサをやる親鳥のように、江南は篤臣の口にフライを突っ込んだ。その勢いがよすぎて、適切な量より多めにフライを口に入れてしまった篤臣は、目を白黒させながら口を動かした。

「ん……あ、ホントだ。思ったより、カレー粉がいい仕事してる」

「そうやろ？　冷めると、どうしても魚臭さが出てくるけど、カレー粉でええ具合に消されとるんや。やー、これは傑作やな」

まるで自分が作ったかのように自慢げな江南に苦笑しつつ、篤臣は問いかけてみる。

「湯河原の定食屋で食ったのより、旨いか？」

江南はフライの残りを口に放り込み、即答した。

「全然旨い。しかも、お前が俺のことばっか考えながら作ったフライやろ？　そう思うたら、よけい旨いわ」

「……フライに怨念がこもってるみたいな言い方すんなよな。でも……うん。旨いんならよかった。次んときは、揚げたて食わせてやるからな？」

「おう、明日な」

さりげない江南の言葉に、篤臣はビックリして目を丸くした。

「え？　明日？　いや、今鯵フライ食って、明日も鯵フライ？」

「せやかて、間を置かずに食わんと、冷めたんと揚げたてと、味の比較ができへんやないか。明日や」

「わ……わかった。そういやお前、好きなものは何日食べ続けても平気なんだったな」

「おう。お前の手料理やったら、三百六十五日鯵フライでも、俺は喜んで食うで！」

「……いくら青魚が健康にいいっつっても、毎日揚げ物はヤバイだろ。そんな大盤振る舞いは、明日だけだからな？　あと、明日はサラダと野菜の煮物も作るから、ちゃんと食えよ？」

「……おう。まあ、そこは善処する」

「食えよ？」

重ねて確約を迫る篤臣に閉口した江南は、顔を近づけてくる篤臣の口に、今度はチーズとパセリ味の鯵フライを突っ込んだ。

「むがっ」

「明日のことは明日話したらええ。今日は、冷めた鯵フライの大試食会や。さあ、どんどん食うでー」

威勢よく言って、江南はプレーンな鯵フライにウスターソースをかけた。

「……くっそ、適当にごまかしやがって……。あ、これは駄目だ。粉チーズは冷めるとよくないな。ちょっとくどい」

「え、ホンマか？　ちょっと食わせろや」

「駄目だ。これは失敗作だから、お前には食わせねえ。俺が処分する」

「一口くらい食うてみんと、ええか悪いかわからんやないか」

「駄目ったら駄目だ！　こんなもん、お前に食わせるわけにはいかないんだってば。チーズ味が食いたけりゃ、明日、揚げたてを食わせてやるから」

そう言いながら、篤臣はチーズ味のフライの残りを口に押し込もうとする。だが、その尻尾部分を器用な指先で摘んで、江南はそれを阻止しようとした。

「こら。一口でええから食わせろっちゅーねん。そこまで言われたら、かえってどんだけまずいんか気になるやないか」

「そこまでまずくない！　ビミョーにまずいんだ！」

「その微妙具合がよけいに気になるんや！」

「嫌だってば！」

子供じみた鯵フライの奪い合いのせいで、シーツの上にはきつね色の衣の欠片が盛大に落ちる。もはやそれを気にすることもなく、二人は他愛ないじゃれ合いに興じていた……。

＊　　　＊

翌日の午後、再び法医学教室の実験室に姿を見せた楢崎は、江南の途中退席に気を悪くした様子もなく、いつものポーカーフェイスで篤臣に言った。

「昨夜《ゆうべ》は、相棒を貸してくれて礼を言う。おかげで助かった」

その無感情な声に、篤臣は戸惑いつつも席から立ち上がった。

「ご、ごめんな。江南の奴、途中で帰ってきちゃったみたいで。迷惑かけたんじゃ……」

だが楢崎は、シニカルに笑って片手を振った。

「いや、まあ確かに、女性陣をガッカリさせたのは確かだが、顔を出してくれただけでも十分だったさ。それに、俺がいたから、絶望させることはなかったはずだ」

「は……はあ。そ、それはよかった」

自信満々を絵に描いたような楢崎の台詞は、冗談でもなんでもないらしい。真顔で言い放った「消化器内科のクール・ビューティ」を、篤臣は複雑な表情で見た。

当の楢崎は、大それた発言をした自覚などまったくないらしく、フリーザーから自分のサンプルを出してきた。

「あれから江南、真っすぐお前のところに帰ったんだろう、永福。まったく、仲がいいことだな。一緒に暮らしていてもなお、そこまでくっついていたいものか？」

素朴な問いかけに、篤臣は面食らって口ごもる。楢崎は、フッと気障に笑った。

「いや、べつにからかっているわけでも馬鹿にしているわけでもないぞ。単純に不思議に思った。

「……あ、いや。うん、まあそのへんは人それぞれだと思うけど……」

篤臣はやはり言葉を濁しつつ、スツールに座り直す。楢崎は、いかにも不思議そうに言った。

「俺は昨夜、合コンで知り合った女の子と一泊して、そのまま別れてきた。メアドは交換したが、こちらから連絡する気はない。この先、誘われれば時々食事をして、寝るのにちょうどいい子だと思っただけだ」

「……それって……相変わらずだな、お前」

他人のことはどうでもいいと思いつつも、篤臣の声にはわずかに嫌悪感が滲んでいる。それを察知した楢崎は、小さく肩を竦めた。

「お前はそういうのは嫌いなんだろうが、俺はそっちのほうがいい。誰かと生活空間を分かち合うなど考えたくもないし、特定のひとりに操立てするなんて、もったいないからな」

「もったいない？」

「だってそうだろう。世の中には、魅力的な人間が星の数ほどいる。そのうちの何人、何十人が俺に惹かれてくれるなら、互いを味わってみたいと思うのは当然のことだと思わんか？ひとりの人間に縛られて、その機会を逸するなど、大いなる損失だ。俺はそう思う」

楢崎の堂々たる持論展開に、篤臣は困り顔で首を傾げた。

「そ……ういう考え方も、あるんだろうな。俺には理解できないけど」

「だったらお前は、江南が世界でいちばん自分にふさわしい人間だと言い切れるのか？」

「それも……俺にはわかんないけどさ」

篤臣は、一生懸命に言葉を探しながら、あくまでも誠実に答えた。

「でも、今の俺には江南だけだよ。お前の言うとおり、素晴らしい人は世の中にいくらでもいる。いろんな意味で江南より優れた人はいるだろうし、もちろん、俺より優れた人だっていっぱいいいる。……けど……こういう言い方するの恥ずかしいけど、人間の価値とか才能とかそんなことは全部取っ払って、心が必要だって思うのは、江南だけなんだ」

「ふん。そういうものか？」

篤臣の言うことがあまり理解できないらしく、楢崎は腑《ふ》に落ちない様子で相槌を打つ。篤臣は、自分の台詞に自分で照れて、こめかみを掻きながら言葉を足した。

「俺は江南が大事だし、江南も俺を大事にしてくれる。一緒にいなくちゃとか、お互いに誠実でなくちゃとか、そういう義務感じゃなくて、自然とそうなるんだ。そうしたくなるんだよ。それが……パートナーになるってことなんじゃないかな」

「俺にはわからんな」

切り捨てるようにそう言い、楢崎は実験机に向き直る。その定規でも入っているかのような真っすぐな背中に、篤臣は温かな声で言った。

「今はわかんないかもだけど、きっと、いつかわかるときが来るよ」

「……そうか？」

「うん。まあ、お前はそういうときを心待ちにはしないだろうけどさ。でも、世界はこんなに広いんだ。きっと、才能の有無とか、ルックスの善し悪しとか、職業的な優劣とか……そんなのに全然関係なく、お前と単純に心が引き合う相手が、どっかにいるよ」

「どうだかな」

楢崎の返事は素っ気ないが、篤臣は微笑して頷いた。

「きっとその人と出会ったときに、お前もわかるよ。お前が今、重荷だとかしんどいとか思ってる関係が、ホントはすごく幸せで、あったかいものなんだって。……そんときのお前の変化が、俺は楽しみだな」

「……楽しみにしてもらっているところ生憎《あいにく》だが、俺がお前たちのようにやに下がることなど、この先一生、ありえんぞ」

「……そうかもな」

なんだか自分が、姫君に軽い呪《のろ》いをかける魔法使いのような気分がしてきて、篤臣はこみ上げる笑いを堪えきれず、そそくさと実験室を出た。

現時点では、あの鉄壁のクール・ビューティが本当の恋に落ちるところなど、篤臣には想像できない。しかし、いつか本当にそうなればいいと……楢崎が、いつか本物の絆を手に入れることができたらいいと、篤臣は心から思った。

「……あ」

通路向かいのセミナー室に入ろうとして、篤臣はふと足を止めた。名前を呼ばれたような気がしたのだ。

見れば、廊下の向こう、エレベーターのほうから、ケーシー姿の江南が歩いてくる。どうやら図書館に行っていたらしく、両脇に借りた本を抱え、珍しい眼鏡姿だ。軽い近視の江南は、読書のときだけ眼鏡をかけるが、こうして歩いているときもかけっ放しにしていることは滅多にない。

「おーい、篤臣！　ちょー、悪いねんけど眼鏡取ってくれ！　うっかり外すん忘れて、図書館出てきてしもたんや。視界が、視界がグルグルする」

そう言いながらゆっくり廊下を歩いてくる江南は、本当によたついている。

「ち、ちょっと待て！　なんでお前、そういうの、気づかないんだよ。つか、なんで誰かに外してもらわないんだよ！　とにかく、転ぶといけないから、そこで止まれ！　俺がそっち行くから！」

事態を把握した篤臣は、大慌てで走り出す。

いつもは冷静な篤臣のこれまた珍しい大声に、楢崎は実験室から顔を出した。そして、江南に全速力で駆け寄っていく篤臣の後ろ姿に、やれやれと首を振りながら呟いた。

「心が引き合うと言えばいかにも格好がいいが……。あいつらを見ていると、割れ鍋に綴《と》じ蓋、というのが正しい表現だな。……俺は完璧なる鍋だから、蓋は必要ない。うむ、やはりそういうことだ」

数年後、十歳年下の「居候」という名の恋人を得た楢崎が、彼自身驚愕《きょうがく》するほどの変貌《へんぼう》を遂げ、江南と篤臣にさんざんからかわれることになるのだが……当時の彼は、そんな日が来るとは夢にも思っていなかったのである……。

あとがき

こんにちは、椹野道流です。お待たせしました。一年ちょっとぶりのメス花をお届けします。

毎度毎度、大変な目に遭っている江南と篤臣なので、今回は、彼らのほんわかした日常を垣間見ていただけたらいいなあ……と、いつもとは少し違う雰囲気でお送りしました。一本目は旅に出る二人、二本目は平穏な日々にちょろっと立ったさざ波のお話です。相変わらず、楢崎先生も大西先生も元気そうです。お待ちいただいた分、楽しんでいただけたらいいのですが……！

今回のタイトルは、なんとなくこれからの二人はこんなふうに生きていくんだろうなあ、という予想と願いを込めてつけました。ずっと幸せに！と。

それから、今回は、このシリーズでは初の、巻末キャラクター座談会をつけてみました。幸せなバカップルを見守るほうにも、それなりの苦労があるようです。

では、最後にお世話になった方々にお礼を。

まず、イラストを担当してくださった鳴海ゆきさん。鳴海さんのお描きになる江南と篤臣はとてもとても幸せそうで、それもあって今回のようなお話を書きたくなりました。二人の浴衣姿、ものすごい眼福でした。ありがとうございました！

次に、今作まで担当してくださったOさん。いろいろと激動の時期に、本当にありがとうございました！　Oさんの緩いボケにものすごく救われました。

それから、今作から担当してくださるGさん。緊張している……とご本人は主張なさるのですが、たまに悪い顔で笑っているあたり、なかなか頼もしい……かも？　これからよろしくお願いいたします！

そして、誰よりも、この本を手にしてくださった皆様にも、心からの感謝を。「こんな二人が見たい」というリクエストがありましたら、是非編集部経由でお寄せくださいね！　では、次作でまたお目にかかります。ごきげんよう。

椹野　道流　九拝

巻末キャラクター座談会（K医科大学法医学教室にて）

江＝江南、篤＝篤臣、楢＝楢崎

江　おい、篤臣、弁当食いに来たで……とと、なんや。楢崎もおったんか。

楢　お邪魔虫は本意じゃないんだが、今日は永福が俺の分も弁当を用意してくれたらしいんでな。まあ、プチ同窓会といこうじゃないか。

江　プチ同窓会て、お前と篤臣は、実験室でしょっちゅう顔合わせとるやないか。俺はこうして、オペの合間に走ってこんとアカンちゅうのに。……ホンマにお邪魔虫やな。

篤　こら、江南！　何を子供みたいなこと言ってんだよ。早く座れ。楢崎も俺も、お前のために昼休憩を遅らせて待っててやったんだからな。

江　そらどうも（若干拗ね気味）。待つんはお前だけでよかったのにな。

篤　ふてくされるなよ。お茶煎れてやるから。（席を立ち、お茶の支度をしながら）そういや、オペ室どうなんだ？　不具合の修繕、進んでるのかよ？

江　いや。工事を急がせてるらしいけど、けっこうシステムにクリティカルな不具合が見つかったらしくてな〜。この際、徹底的に直そうっちゅうことになっとるみたいや。ま、病院としても大金つぎ込んどるから、生半可なことでは業者を許さんやろ。

篤　なるほどなあ……。じゃあ、まだもう少し、仕事は減ったままになりそうなんだ？

江　せやな。

楢　同じ給料で毎日早く帰れるなんて、願ってもないことじゃないか。なぜ、そう残念そうな顔をしているんだ、江南？

江　残念に決まっとるやろ。どうせやったらフルにオペ室が使えたほうがいいに決まっとるやないか。

篤　江南は仕事が死ぬほど好きなんだよ。小田先生のオペに入れないんじゃ、張り合いがないよな。それに、手術の予定が遅れて困る患者さんだって多いだろうし。

楢　(呆れて）ステレオで正論を語る奴らだな。どうせ俺は、消化器内科の仕事を金儲けだと思ってやっているロクデナシだ。しかし、給料分の仕事はきっちりやっているぞ。

篤　んなことはわかってるよ。ホントは、給料と労働量が釣り合ってるのがいちばんいいんだ。江南は、正直、給料の十倍は働いてるもんな。趣味も兼ねてなきゃ、とてもやってらんないってだけの話。

楢　なるほど。それはお前の仕事もそうだろうがな、永福。法医学も、稼ぎは悪いだろう。

篤　まあな。基礎は多かれ少なかれ、道楽の要素がなきゃ続かないさ。ほい、お茶。江南、ぼーっとしてないで、重箱開けろよ。腹減ってるんだろ？

江　そらもう、激ハラへリや。けど、お前らもそうやろ。待たして悪かったな。（いそいそ包みを開く）おー、こら豪勢や。

楢　これを、全部お前が？

篤　ほかに作る奴はいないだろ？　量が多いだけで、たいしたもんは入ってねえよ。

楢　いや、十分すぎるほど立派な弁当だ。よくもまあ、平日にこれだけ作れるものだな。

江　すごいやろ。篤臣は料理上手なんやぞ。お、ハンバーグと唐揚げが両方入っとるやないか。盆と正月が揃い踏み、みたいやな。

篤　大袈裟だって。……ほら、二人とも、取り皿。ちょっと作りすぎたから、たくさん食えよ。

楢　お言葉に甘えていただこう。ひととおり取るだけでもたいした量になりそうだな。おにぎりまで作ったのか。今朝、何時起きだ？　夜明けとともに起きたんじゃないのか？

篤　七時で十分だよ。晩飯のあとに下ごしらえをしておけば、あとは朝に仕上げをするだけでいいんだから。

楢　そういうものなのか？　料理なんぞしたことがないから、そのあたりのことはわからんが……。しかし、甲斐甲斐しいことだな。感心する。……む、旨い。

篤　ホントに？　気に入ってもらえりゃ、よかったよ。こら江南、肉系ばっかり皿に盛り上げてんじゃねえ。ちゃんと野菜も食え！　わざわざ串に刺して、食べやすくしてるだろ。

江　プチトマトとブロッコリーとカラーピーマン。

篤　……せめて、マヨネーズかけてええか？

江　いいけど、少しだけな。目いっぱいかけたら、脂肪の取りすぎだ。

篤　ううう……。べつに、野菜なんか食わんでも、人は生きていけると思うねんけどな。

江　んなわけないだろ！　お前にはずっと元気で頑張ってほしいから、毎度ガミガミ言うんだぞ。どうでもよけりゃ、献立で悩んだりしないんだからな。

篤　篤臣……！　お前、ホンマにたま〜に不意打ちで、愛の告白をしてくれるなあ。

江　な、な、何言ってやが……。

篤　まったくだ。俺がいることを忘れないでほしいものだな。いたたまれなくて、透明化したくなったぞ、今。

楢　な、楢崎まで……。俺は普通に健康問題を語っただけで、あ、あ、愛とかそんな。

篤　いや、十分に熱烈だったと思うが。俺も、「ずっと一緒にいたいから」的な愛の言葉と理解したぞ。

楢　そ、そ、そそそ……。

篤　いやあ、嬉しいもんやなあ、嫁が健康を願ってくれるっちゅーんは。

江　ドサクサで嫁って言うな！

篤　まあ……なんだ、永福。俺はいないものと思って、もっとのろけてくれてもいいんだぞ。

楢

篤　俺は何も聞いていない。
楢　嘘つけ！　思いきりここにいて、聞き耳立ててるじゃねえか！
　　いや、つきあい始めのカップルでもないのに、こういつまでもラブラブな奴らというのも実在するんだな……と興味深く観察しているだけだ。
江　どや。羨ましいやろ。
楢　いや、べつに。むしろ俺は今、ここにいる自分が申し訳なくなってきた。……ふむ。永福、俺はこの皿を持って、実験室で飯を食うことにしよう。思う存分、愛だの健康だのを語らってくれ。
篤　ちょ……いや、待てよ、楢崎！　俺はべつにそんなことを語りたくなんか……。
江　ええやないか。さすがクール・ビューティ、気が利くなあ、楢崎。
楢　お褒めに預かり光栄だよ。……では、ごゆっくり（ゲンナリしつつ去る）。
篤　いや、あの、ええっ……!?
江　よし篤臣、遠慮はいらん。ガンガン愛を語って、俺に野菜を食う気を起こさせてくれ。
篤　いや、なんでそういう話に……！　お前ら、マジで滅茶苦茶だ！　野菜くらい、愛なんか語らなくても食えるだろ！

（ひとり心静かにランチ中の楢崎先生を見習い、そろそろと退席）

本作品は書き下ろしです

椹野道流先生、鳴海ゆき先生へのお便り、
本作品に関するご意見、ご感想などは
〒101-8405
東京都千代田区三崎町2-18-11
二見書房　シャレード文庫
「僕に雨傘、君に長靴」係まで。

CHARADE BUNKO

僕《ぼく》に雨傘《あまがさ》、君《きみ》に長靴《ながぐつ》—右手《みぎて》にメス、左手《ひだりて》に花束《はなたば》7—

【著者】椹野道流《ふしのみちる》

【発行所】株式会社二見書房
東京都千代田区三崎町2-18-11
電話　03(3515)2311［営業］
　　　03(3515)2314［編集］
振替　00170-4-2639
【印刷】株式会社堀内印刷所
【製本】ナショナル製本協同組合

落丁・乱丁本はお取り替えいたします。
定価は、カバーに表示してあります。

ISBN978-4-576-09138-9

http://charade.futami.co.jp/